13歳からの夏目漱石

生誕百五十年、その時代と作品

小森陽一

かもがわ出版

まえがき

この書物を手にとったあなたは、十三歳になって中学校に入学するとき、夏目漱石という小説家の名前を知っていただろうか。もし知っていたとすれば、あなたが育った家庭や地域の大人たちがつくっていた文化的環境、そして、小学校六年間で受けた教育は、日本語を使用する関係性の中で大切にすべき精神について、しっかりとあなたに伝えていたのである。あなたには、十三歳になるまでかかわってくれた大人たちに、誇りを持ってもらいたいし、これからも尊敬しつづけてほしい。十三歳の私は夏目漱石という著者名を知らなかった。

この小説家の本名は夏目金之助、漱石は号である。号とは、文学や芸術の教養のある文人たちが（士農工商などの階級にかかわらず）、漢詩や俳句をつくったり、絵を画いたりした際に書きつける署名のことだ。

二〇一六年は漱石夏目金之助が、四十九歳という短い一生を終えた没後百周年であり、そうであるために二〇一七年は生誕百五十周年となり、二年間にわたってこの小説家について想い起こし、また、作品を読み直す機会が、多くの日本語使用者に与えられた。

この二年間のいつかどこかで、「夏目漱石」という名を眼にし耳にしたからこそ、あなたはこの書物を手にとってくれたのだと思う。「夏目漱石」という名が、あなたと私を出会わせてくれたのである。これはひとつの奇跡のような出来事だと確信する。

この本は、夏目漱石が亡くなってから百年の年に書き始められ、この世に生まれてから百五十年目の年に出版され、本屋さんの店頭に並び、今あなたの手の中で開かれ、あなたのまなざしによって一つひとつの文字が読み直され、日本語という東アジアの火山列島で主に使用されている言葉の意味を、私からあなたへと伝えている。この奇跡も「夏目漱石」という著者名によってもたらされている。

この本の基本的な内容は、二〇一六年八月十一日に、長野県の中学生や高校生（聴衆の中には小学生も参加していた）を聴き手として行った授業（於長野市生涯学習センター）がもとになっている。話している内容が聴き手に伝わっているかどうか、一人ひとりの表情や反応を確かめながらの授業であった。

この授業の参加者からは、活発な質問がなされ、私もできるだけの応答を試みた。その授業での質疑応答の一部は、本書第六章に「生徒の感想とそれへの応答」として収録してある。

こうした読者であるあなたと同世代の聴き手との言葉のやりとりを経た後に、本書をまとめたので、可能な限り読者であるあなたとの応答的なかかわりに開かれていくことを著者としては願っている。あなたの中で本書についての言葉が生まれたら、この本に入っている読者カードで知らせてください。

なにより、漱石夏目金之助という、百五十年前に生まれ、百年前にこの世を去った一人の日本語を使用して表現をする存在と、あなたが出会えることを私は心から願っている。

13歳からの夏目漱石──生誕百五十年、その時代と作品◆もくじ

二章　帝国主義戦争下での作家的出発——035

三章　日露戦争後文学を担う新聞小説作家誕生——069

装丁・加門啓子

「中高生のための漱石講座」（2016.8.11）での筆者

序章 夏目漱石と私

夏目漱石との出会い

私が夏目漱石という小説家の名前を初めて耳にしたのは、中学一年生のときの夏休みの始まる前日、一学期最後のホーム・ルームの後のことだった。

このホーム・ルームは、担任の教師の「今日は小森君についての話し合いをします」という一言から始まった。私は何かほめられるのかと思って、その言葉を聞いたが、始まったのは「コモリクンは、親からも言われたことのないヒドイコトを、平気でニコニコしながら面とむかって言うんです!?」という、クラスの女子からの糾弾《きゅうだん》（罪を問いただして非難《ひなん》すること）であった。

なぜこのようなことになったかについては、少し長い自己紹介が必要となるので、しばらく付き合ってもらいたい。

私は一九六一年から六五年にかけての四年間、父親の仕事の都合で、チェコスロヴァキア（一九九三年以後、チェコ共和国とスロヴァキア共和国に分離独立）の首都プラハで生活していた。通っていたのは在プラハソ連（ソヴィエト社会主義共和国連邦の略称《りゃくしょう》。一九九一年十二月に崩壊《ほうかい》しロシア・ウクライナなど十五の独立国家に分裂《ぶんれつ》）大使館付属八年制学校。学校ではロシア語で学び、家の近所ではチェコ語で遊び、家の中での家族との日常生活では日本語を使っていた。日本の学校制度で言うと、これが私の小学校二年から六年生までの生活である。

プラハには社会主義国関係の国際組織や、全世界の共産主義社会主義運動組織の本部などが複数あり、その各国代表の子弟が、私の通っていた学校で学んでいた。一九六〇年代前半は、今で言う「グローバリゼーション」（環境問題、経済、政治、文化の地球規模の一体化）の萌《きざ》しさえもなく、世界各地各国毎に文化や生活習慣は想像を絶する程のかけ離れ方をしていた。

したがって、友だちになるためには、お互いに絶対に生理的感覚的に受け入れられない相手の振《ふる》舞《まい》を言葉にして、それは自分と一緒のときは絶対にしないでもらいたいと、まずお互いの日常的な文化的振舞が異なることを明確に言語化してから、友だち関係を結んでいたのである。その異文化交流を、私は「みんな同じのはず」という思い込みが支配している、単一言語、単一民族、単一文化社会（と皆が思い込んでいる）日本の中学校の教室に持ち込んで、日々実践《じっせん》してしまったのだ。

しかも思春期に入っていたので、異性である女子を中心に、「君のココはとても嫌なのだけど、友だちになって欲しい」という不気味に矛盾した申し入れをしまくっていたのである。そのように自分を対象化してみると、たしかに私は、友だちになりたかった（カノジョにしたかった）クラスの女子に、「親からも言われたことのないヒドイコト」を、一学期中言いつづけていたことになる。

彼女たちが怒ったのも無理はないと、だいぶ後になってから思えるようになったが、そのホーム・ルームの後の私は、何が何だかわからない孤立感に打ちひしがれて、皆が帰った後もたった一人教室で、茫然自失《ぼうぜんじしつ》（我を忘れてぼんやりと）して自分の席に座りつづけていた。

心配して職員室から戻って来てくれた担任の国語の教師は、あれこれと慰《なぐさ》めてくれた中で「ナツメソーセキ」の「ワガハイハネコデアル」がユーモア小説で元気になるから、夏休みの読書感想文はそれで書いたらどうかと助言してくれた。その時の私の頭の中に漢字は浮かばなかった。

この出来事が、私が夏目漱石という作家の名前を認知した最初であった。『吾輩は猫である』を文庫本で買い求め、夏休みに読んだ。私は涙が出て仕方がなかった。人間の言葉は理解しても、自分のことは決して人間に伝えることはできない「吾輩」の在り方は、その時の日本語をうまく使えない私自身そのものであったからだ。私は「吾輩」である、と確信した。

そのことを読書感想文に書き、二学期の国語の授業で読み上げたら、クラス全員に大笑いをされた。担任の国語教師からは、「本当に小森クンて、日本語がわからないのね」と引導を渡された。二度と夏目漱石の小説など読むものか、と十四歳の私は心に決めた。

十七歳の『こゝろ』体験

しかし、十七歳の時、再び夏目漱石を読まなければならない事態になってしまう。

私は一九六九年四月に東京都立竹早高等学校に入学した。その直後、一部の教師が「汚職」をしたことが発覚し、連日生徒総会が開かれるようになる。そこでの議論を通じて、教師の「汚職」の要因の一つは、生徒の人間としての権利を無視した学校運営にあったことが明らかになり、学校における生徒の基本的人権を認めることを要求する、「生徒権宣言」(フランス人権宣言にあやかった命名)を発した。学校側が認めなかったので、この年の秋から翌年にかけて全校ストライキを行った。

私が二年になった時、学校側は「生徒権宣言」を認め、生徒会はストライキを解除《かいじょ》し、授業が再開された。私が会長をすることになった生徒会は「受験体制打破」をスローガン（運動の主張を簡潔に訴える言葉）の一つにかかげていたので、単なる授業再開ではなく、生徒会全体として「授業総括運動」に取り組むということになっていった。

現在の大学では学生が「授業評価」をすることはあたり前だが、当時としては画期的な取り組みであった。しかし、教師の行う授業を評価するには、生徒の側が完璧に予習をしてこなければならない。実際にこの運動をはじめてから、その大変さに私たちは気がついたのであった。

二年生の現代国語の教科書では、夏目漱石の『こゝろ』がとりあげられていた。どれだけ漱石を読むまいと中学生の時に決めたとしても、生徒会長として「授業総括運動」から逃げるわけにはいかない。教科書に載っているのは、「下　先生と遺書」の後半だけだったので、岩波文庫を買って、全篇を読みとおした。

初めて読んだ『こゝろ』は、その時の私にとって衝撃的であった。大学紛争が終わり、東京都内の高校で「高校紛争」が終わりつつあったこの時期、他の学校の友人の何人かが、深刻な悩みをかかえ、自ら命を絶つという事態が続いていた。「先生」から分厚い遺書を送りつけられ、危篤の父を置き去りにして、汽車の中で遺書を精読《せいどく》しながら東京の「先生」の家に向かう「私」という青年のおかれた状況は、その時の私にとって他人事ではなかった。遺書の内容について「あなた限りに打ち明けられた私の秘密として、凡《すべ》てを腹の中にしまつて置いて下さい」という「先生」の、妻である「静《しず》」に知らせてはならないという禁止と、「私」という青年が、どのように向き合うのかということについて、私はもし自分であったならばどうするのかという問題として考えた、長いレポートをまとめた。

「私」という青年が、東京に到着し、茫然自失している静と向き合いながら、どのように振舞うのかについて、十七歳の私は必死に論じ、現代国語の授業で発表した。しかし現代国語の教師には、「小森クン、ご苦労様でしたが、小説に書いていないことを心配しても仕方がないだろう」と一蹴《いっしゅう》された（すげなくはねつけられた）。

たしかに国語の教師の言うとおり、私が頭を悩ませたことについては、『こゝろ』という小説の中で直接には書かれてはいない。その時の私は二の句が継げなかった。項垂《うなだ》れて、自分の席に着くしかなかった。斜め前の席の、文芸部の女性部長が振り向きざま、「小森クンて、本当に文学的センスがないのね！」と言い放った言葉が頭と胸に突き刺さった。私は彼女が好きだった。私のセヴンティーンの恋は、夏目漱石の『こゝろ』によって終わらせられたのであった。

夏目漱石など、二度と読むものかと、二度目に思ったのがこの時のことである。

『こゝろ』論争の行方

それから十五年後、『成城国文学《せいじょうこくぶんがく》』という雑誌の創刊号（一九八五・三）に「『こころ』を生成する『心臓（ハート）』」という論文を発表したことが、私が「夏目漱石研究者」となる決定的な要因となる。

『成城国文学』は、私が一九八二年に就職した成城学園の教員が属している成城国文学会の機関誌として、創刊された。成城学園は、幼稚園から小学校、中学校、高校、大学とで成り立っていて、それぞれの学校に「国語の先生」がいて、その共同の研究の場として成城国文学会が活動していた。私が成城大学に就職した時は二十八歳だったので、小中高の先生方とも年が近く、学会における交流を通して各学校の枠をこえて学術的にしっかり論文を書いていこうということになり、日本近代文学研究者として私の直近上司にあたる東郷克美氏を編集委員長として、『成城国文学』という雑誌を創刊することになり、私も編集委員の一人となった。

　創刊号だからこそのことではあったが原稿が思うように集まらず、このままでは「成城国文学」という五文字を背表紙に印刷できないウスサであることが判明した。背表紙に文字が印刷できる厚さにするために、編集委員が責任をとって急遽《きゅうきょ》追加論文の原稿を書くことになる。このとき最も若い編集委員が夏目漱石研究者の石原千秋氏（現在早稲田大学教授）だったことと、高校の教科書に『こゝろ』が掲載されていたこともあり、二人で『こゝろ』について競作論文を書くことに決まった。大袈裟《おおげさ》な言い方をあえてするが、結果として三十一歳の私は、十七歳の時の精神的外傷（トラウマ）と正面から向かい合わねばならなくなった。だからあえてひらき直って、十七歳の時の自分が考えたことを、しっかりと理論化しようと考えた。

「先生」の遺書を東京へ向かう汽車の中で精読し、茫然自失している「静」と面と向かいあった「私」という青年が、どのように振舞うのかについて、十四年後の私は次のように論文を締め括《くく》った。

古い「血」の論理＝「家族」の倫理《りんり》を捨て、「持って生まれた軽薄」としての孤独を深々と自覚し、あかの他人と血と肉で繋《つな》がろうとしていた「私」が、共に「先生」と呼びかけた人を失った「奥さん」と、「頭（ヘッド）」ではなく「心臓（ハート）」でかかわっていた「奥さん」と出会ったとき、選ばれるべき「道」と「愛」は「K」と「先生」のそれを徹底して差異化《さいか》するものであったはずだ。否定でも止揚《しよう》でもない私の「道」と「愛」は、「K」と「先生」の「白骨」を前にしながら、決してそれに脅かされることなく、つきつめられた孤独のまま、〈「奥さん」――と――共に――生きること〉として選ばれたはずなのである。（「『こころ』を生成する『心臓（ハート）』」、「成城国文学」一九八五・三）

「私」という青年は、父親が危篤《きとく》になる中で、兄から「先生」の遺書を手渡され、その文面に自殺がほのめかされていたため、そのまま父親を見捨てて家を出て、東京の「先生」の家に向かうのだから、「血」縁で結ばれていた「家族」の「倫理」を捨てたことになる。「先生」の家に出入りするようになって、「私」という青年が繰り返し「先生」と呼びかけ、静もそのたびごとに同じ場に居合わせていたために、「先生」の留守に「私」が訪れたとき、静は「私」という青年と同じように、自分の夫のことを「先生」と呼ぶようになっていた（上、十七章）。

　この時のことを想い起こしながら、「奥さんは私の頭脳に訴える代わりに、私の心臓《ハート》を動かし始めた」（上、十九章）と、「私」はその時のことを意味づけている。静はこのとき「先生」の結婚後の変化について、「実は私すこし思い中《あた》る事がある」と断ったうえで、「大学にいる時分」「大変仲の好い御友達が一人」いて、「その方が丁度《ちょうど》卒業する少し前に死んだんです。急に死んだんです」と、後に「私」宛の「先生」の遺書で、「K」の自殺と判明する出来事に言及しているのだ（同前）。この時の「私」と静のやりとりは、直接話法の会話場面として読者に提示されている。その最後の静の「私」に向けた言葉。

「……しかし人間は親友を一人亡《な》くしただけで、そんなに変化できるものでしょうか。私はそれが知りたくって堪らないんです。だから其所を一つ貴方《あなた》に判断して頂きたいと思うの」

「先生」の遺書を読み終わって、東京の静のもとに辿《たど》り着いた「私」は、この「判断」の根拠をしっかりと保持していた。「先生」と「K」の「お嬢さん」への「愛」が、当の相手の静に自分の思いを告白せずに、秘密裏に事を運ぼうとしたがゆえに悲劇を招いたことを「私」は遺書から学んでいる。「K」と「先生」の関係を静との間で「差異化」するということは、隠し事はしない、という態度をとることである。

しかし、この態度をとるための最大の障害は、「先生」の遺書の最後の言葉、「私が死んだ後でも、妻が生きている以上は、あなた限りに打ち明けられた私の秘密として、凡《すべ》てを腹の中にしまって置いて下さい」という禁止である。この禁止をめぐっては、既に静が死んだから（後追い自殺論も含めて）「先生」の遺書が公表されたといった議論までがなされていた。読者たちは静を殺して整合性をつけようとしていたのである。私は、そうした死の論理には与《くみ》しないと決めた。

先に引用した科白《せりふ》で締め括られる静と「私」との、「先生」の留守中の、「K」と「先生」の関係をめぐるやりとりは、静の「あなた判断して下すつて。いうから」という提案から始まり、「私」は即座に「私に出来る判断なら遣《や》ります」と応じている。この言葉のやりとりの関係性であれば、「私」は「先生」の禁止に違反しないで済む。静が自分の考えていることを語り、「私」はそれについて、そう思うか否かの「判断」を下せばいいだけのことである。

静は「先生」との間でのこと、「K」とのことについて、真の納得がいくまで、記憶しているすべてのことを「私」にむかって語り、「判断」をあおぐことになる。静自身が納得する段階においては（その時が来るか否かはわからないが）、「先生」との間で気になっていた過去の出来事のすべては静の口から語られてしまっており、「私」が肯定したことが二人の間の「先生」解釈として共有されたのだから、最早隠すべきことは何一つ無くなってしまう。

このような長い対話をするためには、「私」という青年は、しばらく静と共に生活するしかないだろうし（父を危篤状態で見捨てた以上「私」は故郷の家には絶対に帰れない）、東京で就職先を探すためにも、「先生」の家（それはもちろん静の家でもあるわけだが）を拠点とするしかない。その全過程を、私は〈「奥さん」――と――共に――生きること〉と表現したのである。

この論文は成城学園の同窓生で、このとき法学部や経済学部の学生に、漱石についての講演をしていた作家大岡昇平《おおおかしょうへい》さんの眼にとまり、文芸雑誌で論評してくださり、さらに、秦恒平《はたこうへい》という作家の方は、ご自分の「私」と静は結婚するという説にひきつけて熱烈な支持を表明してくださったりして、変に文壇での話題になってしまった。

しかし、私の論文の〈「奥さん」――と――共に――生きること〉という表現は、結婚ということは考えていない。女性と男性の共生のあり方を、結婚するか否かだけで考えるのは、漱石自身が『虞美人草』以来批判的に再検討しようとしていた考え方だと思っているからだ。

日本近代文学研究の学界内部では、この論文の末尾における認識の是非をめぐって、三好行雄《みよしゆきお》氏の「〈先生〉はコキュか」（『海燕』、一九八六・一一）が発表され、いわゆる「『こころ』論争」となる。「コキュ」とは「妻を寝取られた男」（『広辞苑』）という意味であり、論争の中心は「先生」の死後、「私」という青年と静がどういう関係になるのかという議論であった（小森陽一、中村三春、宮川健郎編、『総力討論　漱石の『こゝろ』』翰林書房、一九九四に論争の詳細が記録されている）。この論争の途中で三好氏が他界され、様々な意味で私は夏目漱石研究に責任を持たざるをえない状況になった。

石原千秋氏と共に一九九三年十月から、雑誌『漱石研究』を翰林《かんりん》書房から刊行することになり、私は漱石研究者としての道を歩まざるをえなくなったのである。

『漱石研究』と「九条の会」

一九九三年は、日本の戦後政治の転換点となった年でもあった。この年の夏の総選挙で「五五年体制」が終わったからである。日本国憲法、とりわけ第九条〈（1）日本国民は、正義と秩序を基調とする国際平和を誠実に希求し、国権の発動たる戦争と、武力による威嚇《いかく》又は武力の行使は、国際紛争を解決する手段としては、永久にこれを放棄する。（２）前項の目的を達するため、陸海空軍その他の戦力はこれを保持しない。国の交戦権は、これを認めない。〉を変えることを使命とする自由民主党（以下自民党と略記）が、自由党と民主党との保守合同で結党されたのが一九五五年。この自民党が改憲に必要な三分の二以上の議席を獲得することができず、一九五四年七月一日に創設された自衛隊と防衛庁は憲法九条違反だとする日本社会党や日本共産党が三分の一以上で憲法を変えさせなかったのが「五五年体制」である。

一九九二年六月に自衛隊をはじめて海外に派遣した「ＰＫＯ協力法」（ＰＫＯ＝Ｐはピース、Ｋはキーピング、Ｏはオペレーションで国連平和維持活動の略語）を国会で強行した自民党宮沢喜一政権に対し、九三年六月に野党が提出した不信任案に、自民党内の小沢一郎氏を中心とするグループが賛成した。それは野党とはまったく逆の理由、すなわち小沢氏らが国連安全保障理事会の決議があれば、どこへでも自衛隊を海外に派遣してもかまわないという解釈改憲の立場だったのに対し、宮沢政権下での「ＰＫＯ協力法」は「非戦闘地域」にしか派遣できないと限定していたからだ。

小沢氏らは羽田孜《つとむ》氏を党首として新生党を、鳩山由紀夫氏らは武村正義氏をたてて新党さきがけを結成し、自民党から離脱した細川護熙《もりひろ》氏の日本新党と共に、「憲法九条を変えて、国際貢献のできる日本を」というスローガンを掲げ、一大改憲選挙を行った。その結果日本新党、日本社会党、新生党、公明党、民社党、新党さきがけ、民主改革連合、社会民主連合による細川連立政権が誕生した。これが改憲自民党一党対複数の護憲野党という、一九五五年以来の政治構造としての、自民党が過半数は取っているが三分の二以上の議席は取れないという「五五年体制」の崩壊となった。

改憲政党が複数になったため、「読売新聞」は社をあげて一千万人の読者を対象に改憲キャンペーンを繰り広げ、独自の改憲草案まで発表するにいたる。こうした中、「読売新聞」の憲法世論調査では、年々「憲法を変えた方がよい」という回答が増加していった。

そして、小泉純一郎政権が二〇〇一年九月十一日以後のブッシュ政権の「テロとの戦争」に、「テロ対策特措法」に基づき自衛隊を加担させていく中、遂に二〇〇三年の「イラク特措法」に基づいて、戦場に自衛隊が派遣される事態となった。アメリカのブッシュ政権からは、「憲法九条二項」が邪魔だという露骨な内政干渉さえ繰り返された。

一九九一年の湾岸戦争で打ち込まれた劣化ウラン弾で被曝《ひばく》したイラクの子どもたちに、日本の医療を提供しようと活動していた高遠菜穂子さん、彼女の活動を学ぼうとしていた当時高校生の今井紀明さん、この二人とイラクの子どもたちとのかかわりを写真に撮るために同行した郡山総一郎さんの三人が、二〇〇四年の四月にイラクの武装勢力の人質とされた。その理由の一つが、日本が自衛隊をイラクに派遣したことであった。小泉純一郎政権は「自己責任」だと言い放ち、三人への批難がネット上で広がっていった。

この年の「読売新聞」の憲法世論調査の結果は、憲法を変えた方がいいという人が六五パーセント、変えない方がいいという人はわずか二三パーセントであった。日本国憲法、とりわけ九条は重大な危機の中におかれていた。

この年の六月十日に、井上ひさし、梅原猛《たけし》、大江健三郎、小田実《まこと》、奥平康弘、加藤周一、澤地久枝、鶴見俊輔《しゅんすけ》、三木睦子《むつこ》の九氏がアピールを発して、「九条の会」が結成された。

そのアピールでは、「九条を中心に日本国憲法」を変えようとする動きは、「日本」を「アメリカに従って」「戦争をする国」に「変えるところにあります」と指摘し、「この国の主権者である国民一人ひとりが九条を持つ日本国憲法を、自分のものとして選び直し、日々行使していくこと」を呼びかけた。そして全国主要都市で、呼びかけ人を中心に講演会を開催していった。呼びかけ人のそれぞれの方と知己《ちき》（お互いを理解し合える知り合い）であったため、私が「九条の会」の事務局長を担うことになった。

「九条の会」講演会には、どこも会場定員を上回る多くの人々がつめかけた。日本を「戦争をする国」にしてはならないという強い危機感が、講演会に集まった人々には共有されていた。全国各地の「九条の会」の賛同人を中心として、地域・職場・学園にアピールを支持する一点でそれぞれの一致点をつくりながら、草の根での「九条の会」が続々と結成されていった。そうした全国の「九条の会」から私は講演に呼ばれることになり、雑誌『漱石研究』の編集に責任が持てなくなり、二〇〇五年に終刊とした。

百年で読み直す漱石小説

しかし二〇〇五年という年は、漱石夏目金之助が小説を発表しはじめて、ちょうど百年目となる年であった。一九〇五年一月に『吾輩は猫である』（「ホトトギス」）、『倫敦塔《ろんどんとう》』（「帝国文学」）、『カーライル博物館』(「学燈」)三作を同時に発表している。漱石夏目金之助は、日露戦争の激戦が毎日新聞で報道される中で小説家としての営みを始めたのであったということが、各地の「九条の会」から招かれて講演をする中で、きわめて強く意識されるようになっていった。

二〇〇五年から、あらためて百年という歴史的な距離を意識しながら、漱石夏目金之助のすべての小説を読み直すことが、私の日課になっていった。「九条の会」の憲法講演と漱石小説の読み直しは私にとって不可分の実践になった。その営みを十二年近く持続する中で、百年後の今だからこそしっかりと受けとめることのできる漱石の言葉と出会い直すことができると確信していった。

毎週土曜日と日曜日、さらに祝祭日は必ず日本のどこかで、「九条の会」の事務局長として、政治学や憲法学の専門家ではないのに、憲法、とりわけ第九条について話をしなければならない中で、漱石夏目金之助が、小説を書きながら、自分自身の満年齢と共に刻まれていく「明治」という元号、明治天皇が即位してからの時間を刻む数字とどのように向かい合っていたかを、強く意識するようになったのである。

とりわけ二〇一一年三月十一日に東北をおそった大地震と大津波、そしてその直後の福島第一原発の過酷事故は、その百年前の八月十五日に行われていた、漱石夏目金之助の和歌山での講演「現代日本の開化」を、私に強く意識させつづけた。

和歌山の「九条の会」の活動をしているみなさんは、「現代日本の開化」百年に合わせて講演会を企画してくださった。

「汽車汽船はもちろん電信電話自動車たいへんなものになりますが、元を糾《ただ》せば面倒を避けたい横着心《おうちゃくしん》の発達した便法《べんぽう》にすぎないでしょう」ということの講演の言葉は、「3・11」後の日本の状況を、見事に貫きとおす論理性と先見性を持っていた。

私はあらためて、百年単位で夏目漱石の小説を二一世紀の日本に重ねて読み直す実践を、意識的に行っていこうと心に決めた。

本書に収められていることは、漱石没後百年にいたるまで、百年単位で漱石小説を読み直して来た一つの成果である。

東京朝日新聞　大正五年一月一日　（六）

奔流《ほんりう》　德田秋聲

九十二

「これも何だか怪しいもんだ。」岩辻は不愉快げに笑つて、今し方まで見てゐた二三幅の畫を急に想出したやうに箱にしまひはじめた。その畫は、今日梅村が餘所から持つて來たのだといつて、照子が床の間から取出して、先刻から彼に見せてゐたものであつた。

「己はまあこんな物は買はん。」岩辻は不機嫌さうに言つて、「お前が金があるなら、一幅氣に入つたのを取つておくのも可からう。」

「私そんなお金はありませんわ」照子も淋しげに笑つて、「人形なら買つても可いけれど。」

照子は母親が田舎から持つて來た古い内裏雛などから興味を惹れて、久しい以前からちよい〳〵そんな物を集めるのを、一つの道樂にしてゐたが、それも近頃は欲しがる人に與へたり何かして、一頃の熱心が失はれてゐた。

「でも一萬圓といふ貸金もあるぢやないか。」

「それと此とは違ひます。まだしも梅村さんがいつか話を持つて來た、日本橋の待合の方が、いくら可いか知れやしない。私は待合なら自分に出來さうに思ひますわ。」

照子は梅村に、遂に勸められて、自分も大分心の動いてゐた、實物のその待合のことを想ひ出した。しかしそれも

御厄介になつてゐても、詰らないと思ひますから。それに私もかうやつてゐれば段々年を取るばかりですわ。同じ暮すなら、少しは何か働いてみたいと思ひますの。稼業が浮氣だからといつて、私は心まで浮いてる譯ぢやないんですよ。それも何か私に適當したことが、外にあればですけれど……。」

「お前の心持は解つてゐるよ。梅村と相談して、勝手な眞似をして暮さうと云ふ考へをもつてゐるとは、いつかの婚禮の晩のお前の樣子を見たつて解る。」

「ぢや何か、私が梅村さんとそんな相談でもしてゐたところを御覽なすつて。」照子は襟を掻き合せて、獻返した。

點《てん》頭《とう》錄《ろく》　漱石

一

また正月が來た。振り返ると過去が丸で夢のやうに見える。何時の間に斯う年齢を取つたものか不思議な位である。

此感じをもう少し強めると、過去は夢としてさへ存在しなくなる。全くの無になつてしまふ。實際近頃の私は時々たゞの無として自分の過去を觀ずる事がしば〳〵ある。いつぞや上野へ展覽會を見に行つた時、公園の森の下を歩きながら、自分は或目的をもつて先刻から足を運ばせてゐるにも拘はらず、未だ曾て一寸も動いてゐないのだと考へたりした。是は諦觀の結果ではない。宅を出て、電車に乘つて、山下で降りて、それから靴で大地の上をしかと踏んだといふ記憶を慥かに有つた上の感じなのである。自分は其時終日行

付けて自分の後を振り返ると、過去は夢所ではない。炳乎として明らかに刻下の我を照しつゝある探照燈のやうなものである。從つて正月が來るたびに、自分は矢張り世間並に年齢を取つて老い朽ちて行かなければならなくなる。生活に對する此二つの見方が、同時にしかも矛盾なしに兩存して、普通にいふ所の論理を超越してゐる異樣な現象に就いて、自分は今何も說明する積はない。又解剖する手腕も有たない。たゞ年頭に際して、自分は此一體二樣の見解を抱いて、わが全生活を、大正五年の潮流に任せる覺悟をした迄である。

若し無に卽して云へば、自分は今度の春を迎へる必要も何もない。否明治の始めから生れないのと同じやうなものである。然し有になづんで云へば、多病な身體が又一年生き延びるにつれて、自分の爲すべき事はそれ丈量に於て增すのみならず、質に於ても幾分か改良されないとも限らない。從つて天が自分に又一年の壽命を借して呉れた事は、平常から時間の缺乏を感じてゐる自分に取つては、何の位の幸福になるか分らない。自分は出來る丈餘命のあらん限りを最善に利用したいと心掛けてゐる。

趙州和尚といふ有名な唐の坊さんは、趙州古佛晩年發心と人に云はれた丈あつて、六十一になつてから初めて道に志した奇特な心懸の人である。七歳の童兒なりとも、我に勝るものには我れ卽ち彼に問はん、百歳の老翁なりとも我に及ばざる者には我れ卽ち他を敎へんと云つて、南泉といふ禪坊さんの所へ行つて二十年間倦まずに修業を繼續したのだから、卒業した時にはもう八十になつてしまつたのである。夫から趙州の觀音院に移つて、始めて

「点頭録」（東京朝日新聞、大正5年1月1日）

一章　「軍国主義」と対峙した生涯

一九一六年の『点頭録』

その年の十二月九日に、この世を去ることになる一九一六（大正五）年の年頭、漱石夏目金之助は、すでに十年来小説を連載してきた「朝日新聞」に、『点頭録《てんとうろく》』という随筆を発表した。「点頭」とは、うなずく、承知するという意味である。

「また正月が来た。振り返ると過去が丸で夢のやうに見える。」と始まる『点頭録』は、五十歳という節目の年齢をむかえるにあたって、「自分は出来る丈《だけ》余命のあらん限りを最善に利用したいと心掛けてゐる」という、新年の決意を読者に表明する文章になっている。

同時に「大正五年」の「正月」ということを強く意識しながら、自分が「明治の始め」に「生れ」たことを、漱石は一日目の文章で強調している。つまり異なる元号（明治以降天皇一代一元号となった）を重ねて自らの全生涯をふり返りながら、「余命」を「最善に利用したい」と表明しているのである。もとよりその最初の実践が、この『点頭録』の執筆であった。

『点頭録』という新年随筆は、二回目から激変する。四回にわたって「軍国主義」、その後「トライチケ」と題してやはり四回の連載となる。「トライチケ」とはドイツ軍国主義思想の代表的思想家でビスマルクの協力者ハインリッヒ・フォン・トライチュケ（一八五四〜九六）のことだ。

連載第二回から議論されるのは、「軍国主義」についてである。「欧州大乱」すなわち第一次世界大戦についての感想を求められて考えたが、この戦争の本質は「独逸《ドイツ》に因《よ》つて代表された軍国主義が、多年英仏にて培養された個人の自由を破壊し去るだろうか」というところにある、と漱石は言い切っている。

なぜなら、「英吉利《イギリス》のやうに個人の自由を重んずる国」において、この年「強制徴兵案」が「百五対四百三の大多数」で「議会」で可決されたからだ。漱石はギッシングを例にあげながら「英国人の自由を愛する念」の強さについて論じたうえで、この結果は「独逸が真向に振り翳《かざ》してゐる軍国主義の勝利とみるより外に仕方がない」と述べている。

戦闘での決着はついていないが、「英国は精神的にもう独逸に負けたと評しても好い位のものである」と漱石は断じている。この「英国」と一九〇二年に結んだ日英同盟に基づき、大日本帝国は一九一四年八月に第一次世界大戦に参戦していた。秋には大日本帝国軍は、ドイツ東洋艦隊の基地であった青島（チンタオ）を軍事占領し、一五年から軍政を開始していた。

この年の一月、大日本帝国政府は「対華二十一か条要求」を中華民国に提出していた。そこには漱石の死後の大日本帝国が行った、「十五年戦争」の原因が刻み込まれていた。

敵国であるドイツを批難する言説は、戦時ナショナリズムの下での新聞報道の常套《じょうとう》（決まり切った方法）ではある。しかし漱石は、この常套を装いながら、大日本帝国をもその中に含めた形での「軍国主義」を批判しようとしたのだ。

「独逸に因つて代表され」る「軍国主義」と「英仏にて培養され」てきた「個人の自由」を対比させて論を展開する漱石は、「精神的打撃」においてフランスは、イギリスの「幾倍」も「深刻」だったはずだと論じている。その理由は、一九世紀後半のヨーロッパの列強の力関係の推移から導き出されていく。ここで留意する必要があるのは、ドイツ軍に攻めこまれて首都機能を移した「仏蘭西《フランス》人」について、「たゞでさへ何うして独逸に復讐《ふくしゅう》してやらうかと考へ続けに考へて来た彼等」と位置づけているところである。つまり、漱石は、「普仏戦争」以来ドイツに対する「復讐」を考えて来たフランスという歴史的見方をしているのである。

「普仏戦争」こそは「独逸」が統一国家になる契機となった戦争にほかならない。そして漱石は、『点頭録』の後半において、「独逸」統一の際にビスマルクを支えた、国家主義の思想家としての「トライチケ」について論じることになるのである。

漱石は「千八百六十七年ビスマークの力によって成就された北独乙《きたドイツ》との聯合《れんごう》」がトライチュケの「理想」を「現実」にするものだと述べている。「千八百六十七年」とは漱石夏目金之助がこの世に生を受けた年の西暦による表記にほかならない。そのうえで「義務兵役」と、そこから「生ずる驚くべき多くの軍隊」が「普魯西《プロシア》」（プロイセン王国、北ドイツ連邦の盟主である軍事国家）にとって「大いなる力」となり、この力を「西方発展策に応用したのが」「普仏戦争」だととらえている。ドイツの「強制徴兵」制に基づく「軍国主義」は、漱石の年齢と同じ五十年の歴史を持つのだ。

トライチュケの「教授を受けた多くの学生は其時《そのとき》従軍し」、彼は「忽《たちま》ちヒーローとして青年から目《もく》されるやうになつた」と漱石は言う。一八七〇年七月から七一年にかけての普仏戦争は「普魯西」側の圧倒的優勢の中で、七一年一月にパリを開城させ、ヴェルサイユ宮殿でウィルヘルム一世がドイツ皇帝に即位し、ドイツ帝国の統一がなされたのである。漱石が述べていたフランス人の「復讐」

心はこの時以来のものである。

特命全権大使岩倉具視《いわくらともみ》をはじめとする岩倉使節団が、アメリカからヨーロッパに入ったのが、ちょうど「普仏戦争」の後であった。明治維新後の大日本帝国の国家体制が、このとき「普魯西」をモデルにする方向に転換させられたのである。同時に、明治時代の中上流階級の男性が髭《ひげ》を生やすようになったのも、ビスマルク髭をはじめとする、ドイツの流行にほかならない。「普仏戦争」から「独逸」の「軍国主義」を論じることはとりもなおさず、大日本帝国の在り方を、その始まりから現在に至るまでを歴史的に論ずることにほかならないのである。

夏目金之助が生まれた年に「普魯西」のビスマルクが導入した「強制徴兵」制によって、「北独乙との聯合」が「普仏戦争」に勝利し、「独乙帝国」が一八七一年に建国されたのだ。その翌年に、大日本帝国の明治天皇は「徴兵の詔《みことのり》」を発し、さらに翌年「徴兵令」が出され、大日本帝国はいち早くドイツ帝国と同じ「強制徴兵」制の国家、すなわち「軍国主義」の国となったのである。

漱石夏目金之助の人生そのものが、「軍国主義」の歴史だということになる。「軍国主義」と「トライチケ」において、きわめて印象的に組み込まれている西暦の年号は、個人史を日本史と世界史につなげながら、漱石夏目金之助の人生を「軍国主義」という「トライチケ」が主張した思想の、国民国家による体現を、批判的に表象しているのである。

徴兵制と「送籍」

漱石夏目金之助が生まれた直後に*戊辰《ぼしん》戦争（一八六八）が起こり時代は明治となり、もの心がつく頃に最後の内戦としての西南戦争（一八七七）、大学を卒業し就職をする時が日清戦争（一八九四～九五）、そして日露戦争（一九〇四～〇五）二年目の年の一月に『吾輩は猫である』、『倫敦塔』、『カーライル博物館』を発表し、小説家となったのであり、第一次世界大戦の最中に、その生涯を終えている。近代国民国家としての大日本帝国が、帝国主義戦争を遂行していくにいたる五十年が、漱石の生涯でもあった。そして、漱石にとって「軍国主義」の中心にある「強制徴兵」の制度は、彼の存在の根幹にかかわるものとして意識されつづけている。

『吾輩は猫である』の第六章に、『一夜』（「中央公論」一九〇五・九）という自分の書いた小説の著者として、「送籍《そうせき》」という人物を登場させている。漱石夏目金之助は、幼少時に夏目家から塩原家、青年期に塩原家から夏目家に「送籍」しただけでなく、一八九二（明治二五）年四月五日、夏目家から分家し、「北海道後志国岩内郡《しりべしのくにいわないぐん》吹上町十七番地浅岡仁三郎方」（現・岩内郡岩内町）に戸籍を移している。

夏目金之助が「送籍」した理由は、大日本帝国における「強制徴兵」の制度とかかわっている。一八八九（明治二二）年に徴兵制度が変更され、大学生の徴兵猶予が二十六歳までとなった。この徴兵猶予の期限が来る直前に金之助の「送籍」が行われたことになる。

北海道の開拓においては一八七四（明治七）年から「屯田兵《とんでんへい》」制度が導入されていた。北海道の開拓民を「鎮撫保護《ちんぶほご》」するために、明治維新後失業した東北地方の士族の授産《じゅさん》（仕事を与え、生活を助けること）を兼ねた制度としての「屯田兵」は、三年間の食糧、農地、住宅、農具や生活用具、武器が支給された。当初士族に限定されていた「屯田兵」は、一八九〇（明治二三）年には平民に拡大され、札幌周辺に限定されていた兵村は、上川盆地など内陸部に拡大されていった。こうした独自な軍事開拓制度があったため、北海道には徴兵制度が適用されていなかったのである。日清戦争の直前に「北海道後志国岩内郡吹上町十七番地」に戸籍を移すということは、「強制徴兵」を忌避《きひ》することにほかならなかった。

日清戦争が終わった一八九六（明治二九）年、北海道に第七師団が設置され、全道に徴兵令が施行されたのは一八九八（明治三一）年のことであった。そして日露戦争のただ中の一九〇四（明治三七）年、現役の屯田兵がいなくなり、「屯田兵条例」は廃止されたのである。

そして日露戦争では、北海道から徴兵された多くの人々、さらには＊「北海道旧土人保護法」と

＊戊辰戦争　1868（明治元）年1月の鳥羽・伏見の戦に始まる旧幕府佐幕派諸藩軍と朝廷側の倒幕軍との内戦。維新政府軍が勝利し、明治政府が日本を統治する政府として国際的に認められることとなった。

＊北海道旧土人保護法　明治維新以後、和人の進出や開拓政策のためにその生活圏を侵食され、窮迫を深めたアイヌの人々に対し、土地の確保と農耕の奨励、教育の普及などを目的として制定された法律（1899年に制定施行）。実際には、アイヌの財産を奪い、差別的同化政策の法的根拠になった。1997年、アイヌ文化振興法の施行に伴い廃止された。

いう名の法体制の下で、植民地的支配による差別的同化がはかられたアイヌの人々も多数戦場で命を落としたのである。

その日露戦争を終結させるポーツマス講和条約が、賠償金なしの講和であったため、これに反対する「日露講和条約反対国民大会」が警視庁の禁止にかかわらず、日比谷公園で強行されたのが一九〇五（明治三八）年九月五日。様々な手段で徴兵を逃れた結果、日露戦争に従軍していない男性たちで構成された群衆は、国民新聞社、外務省、内相（内務大臣）官邸を襲い、警察署、派出所、交番を焼き払った。これがいわゆる「日比谷焼打事件」である。翌九月六日から十一月二十九日まで、大日本帝国は＊戒厳令下におかれた。

そうした緊迫した状況の中で執筆されたのが、「送籍」という駄洒落《だじゃれ》の宛て字で、自分を登場させた『吾輩は猫である』の第六章で、『ホトトギス』の十月号に掲載されている。「送籍」について話題になった直後、苦沙弥《くしゃみ》先生が家に集まっている美学者、物理学者、詩人に、「大和魂」という「短文」を読み上げる。その一文に「東郷大将が大和魂を有《も》つている。肴屋《さかなや》の銀さんも大和魂を有つている。詐欺師に山師、人殺しも大和魂を有つている」とある。自分たち大日本帝国臣民こそが勝者なのだという戦時ナショナリズムの論理的な倒錯《とうさく》（逆さまになること）を、見事に皮肉った一文である。「大和魂」が日本人のものである以上、英雄も犯罪者も同等なのだ。ここに「送籍」という二字にこめられた、漱石夏目金之助が「軍国主義」に対峙する言語的な立ち位置が刻まれているのである。

＊戒厳令　国民の権利を保障した憲法・法律の一部の効力を停止し、行政権・司法権の一部ないし全部を軍部の権力下に移行すること。

「日英同盟」から日露戦争へ

漱石夏目金之助がロンドンに留学していた一九〇二（明治三五）年に、大英帝国と「日英同盟」を結んだことで、大日本帝国はロシアと全面的な軍事的対決の方向に向かっていくことになる。清国に対する欧米列強の支配権をめぐる競争に大日本帝国が加わり、朝鮮半島の支配権をめぐって本格的に乗り出していこうとする中で、ロシアとの矛盾が急速に深まっていき、日露戦争に突入したのである。ロシアとの国交断絶直前に大日本帝国は、イギリスに対して軍事的援助は望まないことと、財政的援助に期待するという申し入れをした。

ポーツマス会議が始まった二日後の一九〇五（明治三八）年八月十二日に「日英同盟」が改訂され、「極東」に限定していた「平和維持」の地理的範囲をインドにまで拡大し、防御同盟を攻守同盟に強化していった。さらに一九一一（明治四四）年に再改訂されている。イギリス、フランス、ロシアが形成していた三国協商側と三国同盟側のドイツ・オーストリアとセルビアとの戦争に、この日英同盟を理由に、大日本帝国も一九一四（大正三）年八月二十四日にドイツと交戦状態に入ったのは先に述べたとおりである。

一九一六年の五月二十六日から連載が始まった『明暗』の五十二章から五十四章までが、『点頭録』の「軍国主義」批判と意味深く呼応している。

夫津田の痔《じ》の手術の後、お延《のぶ》は病院から芝居見物に直行する。結婚するまで世話になっていた岡本の叔父の招きであった。幕間の食堂での会食は、実は岡本の娘継子《つぎこ》の見合の席として設定されていた。お延はそれと知らず同席させられる。お延を視点人物として、見合の場面は読者に伝えられることになる。

継子の見合相手は三好という、津田の上司である吉川の知り合いであるため、見合の席は吉川夫人が仕切っている。吉川夫人のうながしによって、三好は「独乙を逃げ出した話」をさせられる。「戦争前後に独乙を引き上げて来た人だという事丈がお延に解った」と地の文の書き手は言及する。「三好を中心にした洋行談」にお延はついていけない。夫の津田は洋行などしていない。会食出席者の階級の格差があからさまにお延に突きつけられ、気持ちが「萎《な》」える場面となる。

今日《けふ》こそ夫人の機嫌を取り返《かへ》して遣《や》らうといふ気込が一度に萎《な》へた。夫人は残酷に見える程早く調子を易《か》へて、すぐ岡本に向《むか》つた。

「岡本さんあなたが外国から帰つて入《い》らしつてから、もう余程《よつぽど》になりますね」

「えゝ。何《なに》しろ一昔前《ひとむかしまへ》の事《こと》ですからな」

「一昔前《ひとむかしまへ》つて何年頃なの、一体《いつたい》」

「左様西暦《さようせいれき》……」

自然だか偶然だか叔父は勿体《もつたい》ぶつた考へ方《かた》をした。

「普仏《ふふつ》戦争時分？」

「馬鹿にしちや不可《いけま》せん。是でもあなたの旦那様を案内して倫敦《ロンドン》を連《つ》れて歩《ある》いて上《あ》げた覚《おぼえ》があるんだから」

「ぢや巴理《パリ》で籠城《ろうじやう》した組《くみ》ぢやないのね」

「冗談ぢやない」

三好《みよし》の洋行談を一仕切《しきり》で切り上《あ》げた夫人は、すぐ話題を、それと関係の深《ふか》い他の方面へ持《も》つて行つた。自然吉川は岡本の相手にならなければ済《す》まなくなつた。

「何《なに》しろ自動車の出来《でき》たてで、あれが通《とほ》ると、みんな振《ふ》り返《かへ》つて見た時分だつたからね」

「うん、あの鈍臭《のろくさ》いバスがまだ幅《はゞ》を利《き》かしてゐた時代だよ」

其鈍臭《のろくさ》いバスが、さういふ交通機関を自分で利用した記憶のない外《ほか》のものに取《と》つて、何の思ひ出《で》にならなかつたにも関《かゝ》はらず、当時を回顧する二人《ふたり》の胸《むね》には、矢張《やつぱ》り淡い一種の感慨を惹《ひ》き起こすらしく見えた。


三好が「独乙を逃げ出」さざるをえなかったのは、「日英同盟」に基づいて一九一四年に大日本帝国が第一次世界大戦に参戦し、「独乙」と戦争状態に入ったからにほかならない。まさに「軍国主義」の発動が、この会話の前提となっているのだ。この設定によってこの見合が、一九一四年の秋以後に行われたことが明確になる。

吉川夫人はいきなりお延の叔父岡本にむかって、「外国」に留学していたのは「何年頃」なのかを問いただす。岡本が「左様西暦」と言いよどむのは元号が「大正」に変わったがゆえに、明治末年と大正元年が重なっているために、差し引き計算をしなければならないからだ。その状態に乗じて吉川夫人は「普仏戦争時分?」とからかうのだ。

「普仏戦争」に勝利した「普魯西」=「独逸」をモデルにして、大日本帝国は「強制徴兵」制を導入したのである。その前の「一八六七年」に「普魯西」は徴兵制を実施したと『点頭録』で、漱石は西暦で書いていた。それは、夏目金之助がこの世に生まれた年の年号でもある。「巴里で籠城」とは、一八七一年のプロイセン軍に包囲されたパリのこと。ドイツ帝国が「強制徴兵」制に基づく「軍国主義」によって成立した歴史が、この場面には明確に刻まれている。

ダイムラーとベンツが内燃機関ガソリンエンジンを開発して、「自動車」が登場したのは一八八五年、蒸気で走る「鈍臭いバス」に代わる、ガソリンエンジンのバスの開発も、やはり十年後の一八九五年のドイツでなされている。多くの国家予算を軍事研究と武器開発に投入する「軍国主義」こそ、軍事的な技術革新(イノベーション)を加速するのだ。「普仏戦争」後のドイツ帝国は、一九世紀において産業革命の最先端を走った大英帝国を、技術革新の面ではるかに凌駕したことが、「交通機関」をめぐる岡本と吉川の会話からわかって来る設定になっている。

そして岡本と吉川がロンドンに留学していたのは「エドワード七世の戴冠式《たいかんしき》の時」だということが明らかにされる。ヴィクトリア女王時代の「光栄ある孤立」路線を転換しての「日英同盟」を結んだ一九〇二年のことだ。漱石夏目金之助の小説表現の背後から、「軍国主義」をめぐる現実の歴史が一気に、しかも意味深長に迫り出してくる瞬間である。

二章 帝国主義戦争下での作家的出発

『鶉籠』

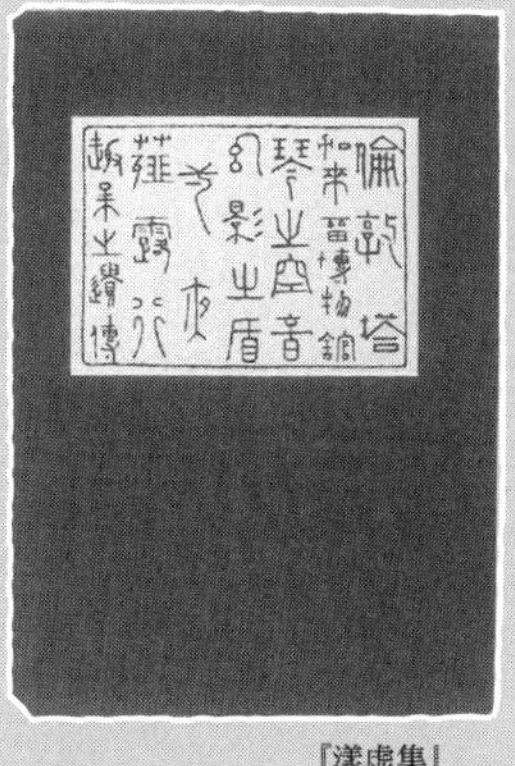
『漾虚集』

『吾輩ハ猫デアル』

はじめての小説としての初期三部作

日露戦争二年目の一九〇五（明治三八）年一月、『吾輩は猫である』を俳句雑誌『ホトトギス』に漱石という筆名で発表した東京帝国大学講師夏目金之助は、『帝国文学』に本名で『倫敦塔《ろんどんとう》』を、『学燈《がくとう》』に夏目漱石の署名で『カーライル博物館』を発表した。この三つの短篇を初期三部作と呼ぶことにする。

『吾輩は猫である』が掲載された『ホトトギス』の発行の日付は一月一日。この日*旅順《りょじゅん》要塞攻略の号外の売り声が、大日本帝国中に響き渡っていた。日清戦争のときには、わずか一日で陥落させた旅順要塞を、日露戦争では攻略するのに五ヶ月余かかり、死傷者は六万人近くにおよんだ。

「吾輩は猫である。名前はまだ無い。」とはじまるこの小説は、「名前はまだつけて呉《く》れないが欲をいっても際限がないから生涯此教師の家で無名の猫で終る積りだ。」という一文でしめくくられている。

「名前」が「無い」こと、つまり「無名」であることが、『吾輩は猫である』という小説の枠組になっている。飼い猫であるにもかかわらず、「名前」をつけない苦沙弥《くしゃみ》の態度は、この物語の大切な前提でもある。

外界のモノやコトに「名前」をつけることは、それ自体として存在する対象を言葉に置きかえ、そうすることによって人間の意識の内側に取り込んで認識し、その認識を同じ言葉で外側の他者とのやりとりを可能にする、人間独自の営みに組み込むことにほかならない。言葉を操《あやつ》る生き物としての人間が外界とかかわるときの、最も基本的な姿勢である。

その意味で『吾輩は猫である』は、語り手としての「吾輩」という猫に、名前が与えられていないことにおいて、人間の言語活動そのものの基本的な在り方を強く意識化させる小説なのである。

この『吾輩は猫である』を掲載した『ホトトギス』は売れに売れ、増刷をする程であった。雑誌を多くの読者が購入して読むということは、『吾輩は猫である』という小説の名称が、雑誌を購入した読者とその周辺の読者予備軍の人数分だけ社会的に流通したということだ。ある人の固有名がそのように活字メディアによって社会的流通をすることを「有名になる」と言う。

『吾輩は猫である』は一回書きおろしの予定であったが、あまりの売れ行きと、『ホトトギス』側の強い要望もあり、漱石は続篇を書くことになる。その続篇の冒頭は「吾輩は新年来多少有名になつた」と始まっている。苦沙弥先生に名前を付けてもらえないまま、すなわち「無名」のまま「吾輩」は『ホトトギス』が売れたことで「有名」になったという逆説。これは、活字印刷メディアとしての新聞や雑誌が、国民の多くが共有する情報を提供する公共性をもつようになる時代の象徴的

＊旅順要塞　中国の遼東半島先端部の旅順にあった要塞。日清戦争では日本軍の攻撃を受け、短時間の戦闘で陥落した。その後、ロシア帝国が清から遼東半島を租借して強力な陣地が設置され、日露戦争では激戦地となり、5ヶ月以上の戦闘の末に、ロシア軍守備隊は降伏した。

な出来事であった。
日露開戦以後の活字メディアにおいて、「無名」な存在が、突然「有名」になる最も典型的な出来事は、*〈名誉の戦死〉であった。旅順港閉塞《へいそく》作戦で命を落とし一躍「軍神」として報道された*広瀬武夫のように、それまで誰にも知られていなかった「無名」の人が、旅順を中心とした戦場での劇的な〈名誉の戦死〉によって一夜にして「有名」になった事例はいくつもある。『吾輩は猫である』における「無名」性と「有名」性の対比の背後には、新聞をはじめとするマスメディアの日露戦争報道に対する、きわめて理論的な批判意識が刻まれているのである。

『倫敦塔』が発表された『帝国文学』は、帝国大学文科大学の教授、学生、卒業生によって結成された帝国文学会の機関誌で、日清戦争のただ中の一八九五（明治二八）年一月に創刊された文芸雑誌であり、東京帝大講師夏目金之助としては、いわば職場の雑誌であった。『倫敦塔』はそこに本名で発表されており、なおかつ末尾には参照した書目や絵画などについての注釈がついており、その最後にかつての自分の「遊覧体験」をもとにして書いたと記されてもいるので、実地体験に基づく『カーライル博物館』とならんで、同様の「倫敦塔」紀行文としても読めるようになっている。「年月が経過して居る」とあるように、三、四年前の夏目金之助のロンドン留学体験記とも読めなくはない。しかし『倫敦塔』は帝国大学文科大学の学生たちを強く意識して書きはじめられている。なぜなら講義していた『文学論』の中心概念が出てくるからだ。

「塔」其物の光景は今でもありありと眼に浮べる事ができる。前はと問はれると困る、後はと訪ねられても返答し得ぬ。只前を忘れ後を失したる中間が会釈もなく明るい。恰《あたか》も闇を裂く稲妻の眉に落ちると見えて消えたる心地がする。倫敦塔は宿世《すくせ》の夢の焼点の様だ。倫敦塔の歴史は英国の歴史を煎《せん》じ詰めたものである。過去と云ふ怪しき物を蔽《おお》へる戸張《とばり》が自づと裂けて龕中《がんちゅう》の幽光を二十世紀の上に反射するものは倫敦塔である。凡《すべ》てを葬る時の流れが逆《さか》しまに戻つて古代の一片が現代に漂ひ来れりとも見るべきは倫敦塔である。人の血、人の肉、人の罪が結晶して馬、車、汽車の中に取り残されたるは倫敦塔である（傍点引用者、以下同様）。

「倫敦塔は宿世の夢の焼点の様だ」という一文における「焼点」という概念は、夏目金之助がこの頃帝国大学で行っていた講義（後『文学論』として一九〇七年五月に刊行）の最も重要な言葉の一つであった。

＊名誉の戦死　明治政府は軍隊の創設と共に兵士に天皇の軍隊であるという自覚を徹底的に教育し、戦場で死ぬことが天皇への最高の忠義であり名誉であると教育した。日本人が国家を背負って戦うことをその膨大な犠牲と共に自覚したのは日露戦争であった。

＊広瀬武夫　海軍中佐。日露戦争において旅順港閉塞作戦に従事し、ロシア軍の魚雷を受けた時、部下を助けるため一人沈み行く船に戻り、頭部に砲弾を受け戦死した。このエピソードによって「軍神」として神格化され、広瀬神社が作られたり、文部省唱歌の題材にもなった。

『文学論』の理論と実践

『文学論』の冒頭は、「凡《およ》そ文学的内容の形式は（F＋f）なることを要す。Fは焦点的印象又は観念を意味し、fはこれに附着する情緒を意味す。されば上述の公式は印象又は観念の二方面即ち認識的要素（F）と情緒的要素（f）との結合を示したるものと云ひ得べし。」と始まる。そしてこの（F＋f）という式で表した「文学的内容の形式」を、漱石はつづけて図式化して見せる。

> 意識の時々刻々は一個の波形にして之を図にあらはせば左の如し。かくの如く波形の頂点即ち焦点は意識の最も明確なる部分にして、其部分は前後に所謂《いわゆる》識末なる部分を具有するものなり。

「認識的要素（F）」は「焦点的印象又は観念」と定義されている。「印象」とは身体的知覚感覚を媒介にとらえた外界からの刺激に対する反応であり、「観念」はその反対で、知覚感覚では確かめることのできない、言語によってしかあらわすことのできない「神」や「愛」といったイデアである。そうすると、（F）はきわめて身体的な知覚感覚的領域から、その正反対の観念度の高

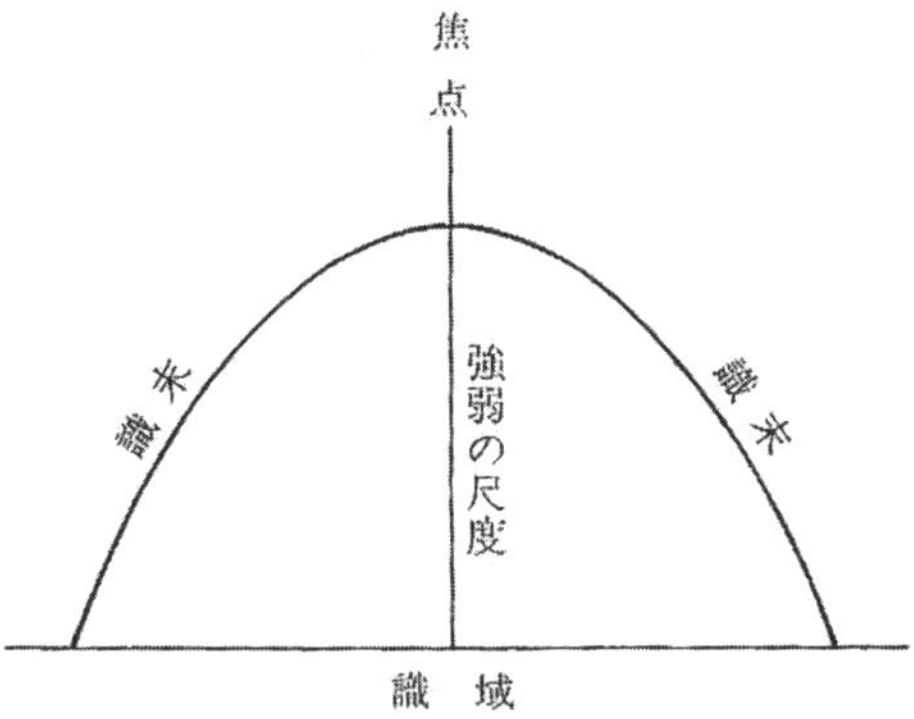

い領域にいたる、意識の対象ということになる。

意識の流れの一瞬を微分的に図式化すると先の波形の図になるのだが、それを逆に積分すると「一時間」、「一日」ともなり、さらには「一年十年に渡るＦ」をもそれぞれ抽出することができるのである。これを大別すると、「（一）一刻の意識に於けるＦ」、「（二）個人的一世の一時期に於けるＦ」、「（三）社会進化の一時期に於けるＦ」に分けて考えることができると漱石は述べ、「（三）」のレベルに関してはこれは「所謂時代思潮（Zeitgeist）」であると夏目金之助は定義している。

先に紹介した「倫敦塔は宿世の夢の焼点の様だ」という規定は、ただちに「倫敦塔の歴史は英国の歴史を煎《せん》じ詰めたものである」に接続しており、『文学論』における「焦点的印象又は観念」の定義と正確に呼応していることがわかる。

語り手である「余」が、たった一回だけ訪れた「倫敦塔」体験の「一刻の意識に於けるＦ」としての「焦点的印象」、すなわち見たこと聴《き》いたこと触れたことなどの知覚感覚的情報と、「又は観念」としての*ロンドン塔に幽閉された歴史上の人物たちの来歴の想起を重ねて叙述すれば、そこに一人ひとりの人物の「個人的一世の一時期に於けるＦ」と、それぞれの歴史上の人物が属していた時代の、「社会進化の一時期に於けるＦ」が同時に迫り出してくることになる。

*ロンドン塔　イギリスの首都ロンドンを流れるテムズ川の岸辺に築かれた中世の城塞である。イングランドを征服したウィリアム1世が1078年に建設を命じ、約20年で完成した。その後、国王が居住する宮殿として、また政治犯を幽閉する監獄、処刑場としても使われた。

たとえば次のような数文で、ヨーロッパキリスト教文化圏における、この地域の大英帝国にいたるまでの特異な歴史的宗教的な在り方と、王位継承をめぐっての熾烈《しれつ》な権力闘争の歴史をめぐる、最も「焦点」となる一連の記憶が想起させられてくる。

白き髯を胸迄垂れて寛《ゆる》やかに黒の法衣《ほうえ》を纏《まと》へる人がよろめきながら舟から上る。是は大僧正クランマーである。青き頭巾を眉深《まぶか》に被《かぶ》り空色の絹の下に鎖《くさ》り帷子《かたびら》をつけた立派な男はワイアットであらう。是は会釈もなく舷《ふなべり》から飛び上る。はなやかな鳥の毛を帽に挿して黄金作りの太刀の柄《え》に左の手を懸け、銀の留め金にて飾れる靴の爪先を、軽げに石段の上に移すのはローリーか。

ヘンリー八世（一四九一〜一五四七）が、男子を産めない王妃カサリンと離婚し、女官アン・ブーリンとの結婚を望んだが、当時のローマ教皇《きょうこう》の同意を得られず、自らが首長となるアングリカン・チャーチ（英国国教会）の設立に協力し、次のエドワード六世のときに大主教《だいしゅきょう》となったものの、カサリンの長女メアリー一世（一五一六〜一五五八）によるカソリック復活政策の中で、ロンドン塔に捕えられ処刑されたのが「大僧正クランマー」にほかならない。

エドワード六世の死にあたり九日間だけ王位についたジェーン・グレー（一五三七〜一五五四）が処刑される理由は、メアリーとフェリペ二世の結婚に反対したワイアット（一五二一〜一五五四）の反乱に関係したのではないかということであった。ジェーン・グレーの処刑場面が『倫敦塔』のクライマックスの一つでもある。言語化したことの数十倍の情報が「焦点」となる。

このときやはりロンドン塔に投獄されていたのが後のエリザベス王女であり、彼女が王位についてから寵愛《ちょうあい》を受け、処女女王（バージン・クイーン）にちなんで軍事力で植民地化した北アメリカ大陸のフロリダの北側を、「バージニア」と名付けたのがウォルター・ローリー（一五五二〜一六一八）。ローリーがジェームズ一世の下で反逆事件に連座して投獄されたのが一六〇三年。

イギリスという国の、一五世紀末から一七世紀に至る「社会進化の一時期に於けるF」が文字通りに「夢の焼点の様」に「英国の歴史を煎じ詰めたもの」として読者に提示されていることがわかる。どれだけ暴力的な植民地国家か。もちろんこうした「英国の歴史」は、ロンドン塔を訪れる人々の中で、基本的な学校教育を受けた者にとっては誰でも想起できる常識ではあった。

『文学論』における「一刻の意識」と「個人的一世の一時期」と「社会進化の一時期」に於ける「F」についての理論的枠組は、この後の漱石の小説の基本的な前提となっている。それが実にさりげなく、しかし美事に結実しているのが『カーライル博物館』の冒頭部である。

「セージ」という同音異義語

公園の片隅に通り掛《がかり》の人を相手に演説をして居る者がある。向ふから来た釜形の尖つた帽子を被《か》づいて古ぼけた外套を猫脊に着た爺さんがそこへ歩みを佇《とど》めて演説者を見る。演説者はぴたりと演説をやめてつかつかと此村夫子《そんぷうし》のたゞずめる前に出て来る。二人の視線がひたと行き当る。

演説者は濁りたる田舎調子にて御前はカーライルぢやないかと問ふ。如何《いか》にもわしはカーライルぢやと村夫子が答へる。チェルシーの哲人《セージ》と人が言囃《いいはや》すのは御前の事かと問ふ。成程世間ではわしの事をチェルシーの哲人《セージ》と云う様ぢや。セージと云ふは鳥の名だに、人間のセージとは珍らしいなと演説者はからくと笑ふ。村夫子は成程猫も杓子《しやくし》も同じ人間ぢやのに殊更《ことさら》に哲人抔《など》と異名をつけるのは、あれは鳥ぢやと渾名《あだな》すると同じ様なものだのう。人間は矢張り当り前の人間で善《よ》かりさうなものだのに。と答へて是もからくと笑ふ。

「片隅」で「演説をして居る者がある」のだから、この「公園」がロンドンのハイド・パークであることがわかる。ウェストミンスター寺院の領地だったが、チャールズ一世(一六〇〇〜一六四九)によって市民に公開された。一八五一年に第一回万国博覧会の会場となり公園北東の隅に演説広場としてのスピーカーズ・コーナーが設立され、一八七二年以来市民の自由な政治的討論が行われる場として有名になった。つまり冒頭の一文によってこの「演説」をしている「一刻」が、イギリスという国のいかなる「社会進化の一時期」であるかが、年代までほぼ特定できるように設定されているのである。

その演説者の前を「釜形の尖つた帽子を被」った「爺さん」が通りかかると、演説者は「御前はカーライルぢやないか」と声をかける。この状況が成立するためには、いくつかの条件が不可欠である。まず「演説」をしている男がカーライルのファッションと顔を知っていなければならないし、彼のトレード・マークが、あの『ハリー・ポッター』の映画に出てくる魔法学校の男の先生たちが被っているような、「釜形の尖つた帽子」であることも知っていなければならない。

カーライルの肖像写真撮影を専門とするキャメロン(一八一五〜一八七九)という写真家がいて、カーライルの顔の写真の図像はかなり社会的に流通していた。しかし肖像写真のカーライルが必ずしも「釜形の尖つた帽子」をいつもかぶっていたわけではない。このスタイルは、カーライルの代表作『衣装哲学』の主人公トイフェルスドレッグ(ドイツ語で「悪魔の糞《くそ》」の意)氏の挿絵における姿なのだ。『衣装哲学』を「フレイザーズ・マガジン」に連載(一八三三〜三四)し、多くの読者の支持を得たからこそ、一八三四年にカーライル夫妻は、ロンドンのチェルシーに居を構えることができたのである。その家がカーライル・ハウスにほかならない。

まさに「釜形の尖つた帽子」のスタイルこそ、カーライルの「個人的一世の一時期におけるF」の象徴であり、カーライル・ハウスが、「カーライル博物館」となったのは、この時期のイギリスの「社会進化の一時期に於けるF」でもあるのだ。このチェルシーの家を拠点に執筆活動を続けたために、カーライルは「チェルシーの哲人《セージ》」と呼ばれるようにもなったのである。

しかし「演説」をしている男はsageという四文字の言葉を「哲人」、「賢人」、「聖人」の意味には理解していない。男は「鳥の名」だと言う。植物で香草《こうそう》のセージ(サルビア)という認識もこの男にはない。

カーライルの方も、「セージと云ふは鳥の名だに」という男の言葉の意味を、十分には理解していないようだ。あらためてチェルシーの「哲人《セージ》」という活字メディアで流通している言い方を一つの比喩《ひゆ》として受けとめて、「あれは鳥ぢやと渾名《あだな》すると同じ」と応答しているだけである。

同じ「セージ」という音を持つ言葉の意味の違いと二人の男の相互理解のずれが、この落語のような駄洒落《だじゃれ》話の要にある。漱石夏目金之助は、この駄洒落、すなわち同音異義語の文学的効果を、『文学論』の「第四章　滑稽《こっけい》的連想」「第一節　口合《くちあい》」の中で、しっかりと論じている。「沙翁は口合の驍将《ぎやうしやう》」（シェークスピアは、駄洒落の大将）と言いながら、「口合」の技の極意が、同じ音で「殆ど思議しがたきほど飛び離れたる」「甲と乙」をつなぐところにあると積極的に位置づけている。

この男の言う「鳥の名」としての「セージ」は、スコットランド出身のカーライルの使用する英語ではなく、アメリカ英語におけるキジオライチョウのことである。北西アメリカの山岳地帯に生息する、尻尾羽の長い雷鳥のことだ。北西アメリカ山岳地帯と言えば、一八四八年一月から始まったゴールド・ラッシュの現場である。

カリフォルニアの山岳地帯で、金鉱を探す男たちの、文字通りに恰好《かっこう》の餌食《えじき》となったのがキジオライチョウであった。したがって、この演説をしていた男は、ゴールド・ラッシュの時期のカリフォルニアの山岳地帯で、キジオライチョウを「セージ」という発音で認識し、それを食料にしながら、それなりの成功をおさめた者であることがわかる。

北アメリカ西部山岳地帯のゴールド・ラッシュでの成功をおさめた田舎訛《いなかなまり》の男が、ロンドンに住むようになり、ハイド・パークのスピーカーズ・コーナーで演説をするほどに成り上がった来歴がまず見えてくる。当然活字印刷された書物や雑誌、新聞等を講読することもできるようになり、その中で「チェルシーの哲人《セージ》」と呼ばれているカーライルのことを知り、彼の肖像写真を何度も目にすることで、ハイド・パークのスピーカーズ・コーナーで通りがかりのところを、この男は認知できたのだ。しかしその名と共に記されていたであろうチェルシーのセージの sage という活字のつらなりは、「哲人」の意味には解されず「鳥の名」としてこの男には認知されたのだ。ならばこの瞬間は、この演説をする男にとって最も特筆すべき「個人的一世の一時期」だったということになる。

『カーライル博物館』の冒頭の、この笑話に出典があるのかどうかは、現時点においてもさだかではない。けれども、この「口合」を中心にした挿話は、漢字ひらがなカタカナ交じり文にルビを付けることができるという、近代の活字印刷された日本語の表記において、はじめて表現することができる物語なのである。つまりこの話は、近代活字印刷媒体における日本語の表記法によって、文学的水準に到達する駄洒落としての「口合」の笑いを生み出すことができたのだ。

小説の冒頭の「セージ」という言葉ないしは発音をめぐる「一刻の意識に於けるF」が、演説者とカーライルという二人の男の、それぞれの「個人的一世の一時期に於けるF」を浮かび上がらせると同時に、大英帝国の「社会進化の一時期に於けるF」をも読者に明示していることがわかる。

読者論としての『文学論』

『カーライル博物館』の冒頭の、わずか十一の文によって構成されていた、「一刻の意識に於けるF」と「個人的一世の一時期に於けるF」と「社会進化の一時期に於けるF」を同時に表現する方法は、初期三部作に貫かれている文学的な原理でもある。小説の一文字一文字を読みながら「文学的内容」としての（F＋f）を、自らの意識の中で形成していく読者が、「一刻」と「個人的一世」と「社会進化の一時期」におけるそれぞれの「F」を結合していくことになる。その読者自身、特定の歴史的な現実を生きながら、「文学的内容」としての（F＋f）を、読む実践の中でその都度構成していくのである。そのように考えてみると、『吾輩は猫である』の末尾近くの、「吾輩」が苦沙弥《くしゃみ》先生の日記を盗み読みするくだりは特別な意味をおびてくる。

中二日置いて十二月四日の日記にこんな事を書いて居る。

昨夜《ゆうべ》は僕が水彩画をかいて到底物にならんと思つてそこらに抛《はう》つて置たのを誰かゞ立派な額にして欄間に懸けて呉れた夢を見た。偖《さて》額になつた所を見ると我ながら急に上手になつた。非常に嬉しい。是なら立派なものだと独りで眺め暮らして居ると夜が明けて眼が覚めて矢張り元の通り下手である事が朝日と共に明瞭になつて仕舞つた。

主人は夢の裡《うち》迄水彩画の未練を脊負《しよ》つてあるいて居ると見える。是では水彩画家は無論夫子《ふうし》の所謂《いわゆる》通人にもなれない質だ。

主人が水彩画を夢に見た翌日例の金縁眼鏡の美学者が久し振りで主人を訪問した。彼は座につくと劈頭《へきとう》第一に「画はどうかね」と口を切つた。主人は平気な顔をして「君の忠告に従って写生を力《つと》めて居るが成程写生をすると今迄気のつかなかつた物の形や色の精細な変化抔がよく分る様だ。西洋では昔しから写生を主張した結果今日の様に発達したものと思はれる。さすがア-ン-ド-レ-ア、-デ-ル、-サ-ル-トだ」と日記の事はお-く-びにも出さないで又ア-ン-ド-レ-ア、

-デ-ル、-サ-ル-トに感心する。美学者は笑ひながら「実は君あれは出鱈目《でたらめ》だよ」と頭を掻く。「何が」と主人はまだ譃《いつ》はられた事に気がつかない。「何がつて君の頻りに感服して居るア-ン-ド-レ-ア、-デ-ル、-サ-ル-トさ。あれは僕の一寸捏造《ねつぞう》した話しだ。君がそんなに真面目に信じ様とは思はなかつたハヽヽヽ」と大喜悦の体である。吾輩は椽側《えんがわ》で此対話を聞いて彼の今日の日記には如何なる事が記《し》るさるゝであらうかと予《あらかじ》め想像せざるを得なかった。

「吾輩」が盗み読みした十二月四日の「日記」には、自分の画いた水彩画を額に入れたら「急に上手になつた」ような夢を苦沙弥は見たのだが、目覚めて見たら「矢張り元の通り下手」だったということが書いてある。そしてその翌日、すなわち十二月五日に「金縁眼鏡の美学者」がやって来て、「アンドレア、デル、サルト」の話は「出鱈目」だと打ち明けたという場面だ。数日前にこの「美学者」は「昔」「画をかくなら何でも自然其物を写せ」と「アンドレア、デル、サルト」が言ったということを苦沙弥に伝えたために、「吾輩」をモデルにして「写生」をしつづけて来たのである。夢にまで見ているその数日間の努力は、まったくの「出鱈目」にだまされたということがわかったのだから、「吾輩」が「今日の日記には如何なる事が記るさるゝであらうか」と心配するのは当然のことだったのだ。

一九〇五年一月一日付の「ホトトギス」に発表された『吾輩は猫である』を読んだ同時代の読者は、この「十二月四日の日記」と、その「翌日」のことを、特別な意味合いをこめて想起したはずなのである。

「十二月四日」の「翌日」と言えば十二月五日。この日、十一月二十六日から攻撃を開始し、五千人以上の戦死者と一万人以上の負傷者を出した*「二百三高地」をめぐる激戦で、日本軍が勝利したのである。

大日本帝国臣民のほとんどが、「二百三高地」が落ちたという戦勝情報に歓喜している日に、苦沙弥先生と「金縁眼鏡の美学者」は「アンドレア、デル、サルト」について議論しているのである。ここには強烈な批評性が組みこまれている。

アンドレア・デル・サルトという、日露戦争下の大日本帝国において、一般にはほとんど知られていないフィレンツェ派の画家の名前は都合八回小説の中に登場する。苦沙弥先生と「金縁眼鏡の美学者」との間では、そして「ホトトギス」の読者にとっては、「無名」だった画家の名が一気に有名になったのである。そして自分の言う「出鱈目」を信じて言いふらす者がいることを面白おかしく紹介した後、「美学者」は、「レオナードダギンチは門下生に寺院の壁のしみを写せと教へた事があるさうだ」と、いかにも嘘《うそ》であるような逸話を語るのだが、この言葉は実際にレオナルド・ダ・ヴィンチの『手記』の中に書きつけられていた。

なぜ日露戦争の、しかも旅順攻略の要となる、一九〇五年の「十二月四日」の「翌日」、「二百三高地」が莫大な犠牲を払って陥落した、すなわち十二月五日が「焦点」とされたのだろうか。アンドレア・デル・サルトとレオナルド・ダ・ヴィンチをめぐる歴史的記憶を、一九〇五年十二月五日、旅順陥落の日と共に想起させ、旅順のことに一言もふれない苦沙弥と「美学者」の間で議論させたのか。しかも「吾輩」の姿を、アンドレア・デル・サルトにならって、苦沙弥が一生懸命写生をするという実践とのかかわりで……。「二百三高地」陥落が一九〇五年十二月五日の大日本帝国の「一刻のF」であるだけでなく、多くの大日本帝国臣民にとって、すなわち「ホトトギス」の読者にとっても、「個人的一世の一時期に於けるF」でもあるその日に、苦沙弥と美学者にアンドレア・デル・サルトとレオナルド・ダ・ヴィンチという、その「無名」性と「有名」性において対立する二人の芸術家について議論させた、すなわち読者の意識の「焦点」を方向づける漱石のねらいはどこにあったのか。

この章の最初に述べたように、日清戦争のときにはたった一日で殆ど犠牲者も出なかった旅順攻略が、日露戦争では半年近くかかっても攻略できず、「二百三高地」戦では、一万五千人の死傷者を出すにいたった。同じ戦争でも、日清と日露の間には決定的違いがある。日清が日本人と清国人、すなわち同じ黄色人種の間の戦争であったのに対し、日露戦争は日本人とロシア人、黄色人種と白色人種との戦争であったからだ。この問題は、「朝日新聞」入社後初めての小説『虞美人草』の、甲野と宗近との間でも言及されることになる。

日露戦争中かあるいはその後、いずれにしても厳しい戦時下のヨーロッパにおける外交交渉にあたっていて、客死した外交官としての父を持つ哲学を学んだ甲野欽吾と、その従弟で外交官志望の宗近一が、京都旅行の最中に次のような会話を交わしている。

＊二百三高地　旅順にある丘陵で、海抜２０３メートルであることからこの名が付けられた。日露戦争では、ロシア海軍の基地のあった旅順港を巡る日露の争奪戦による激戦地となった。

「君は日本の運命を考へた事があるのか」と甲野さんは、杖の先に力を入れて、持たした体を少し後ろへ開いた。

「運命は神の考へるものだ。人間は人間らしく働けば夫《それ》で結構だ。日露戦争を見ろ」

「たまたま風邪《かぜ》が癒《なお》れば長命だと思つてる」

「日本が短命だと云ふのかね」と宗近君は詰め寄せた。

「日本と露西亜の戦争ぢやない。人種と人種の戦争だよ」

「無論さ」

「亜米利加《アメリカ》を見ろ、印度を見ろ、亜弗利加《アフリカ》を見ろ」

「それは叔父さんが外国で死んだから、おれも外国で死ぬと云ふ論法だよ」

「論より証拠誰《だれ》でも死ぬぢやないか」


日露戦争は「人種と人種の戦争」だったのだ。「亜米利加」「印度」「亜弗利加」という配列は、「亜米利加」がヨーロッパの白色人種に「発見」された一四九二年からのヨーロッパの白色人種による、有色人種の居住する地域に対する植民地支配の世界史をくっきりと浮かびあがらせている。

旅順陥落の号外の呼び声が大日本帝国の隅々にまで響き渡った、一九〇五年一月一日を発行日とする「ホトトギス」の誌面で、『吾輩は猫である』を読んでいる読者に対して、「人種と人種の戦争」、つまり肌の色の違いを理由に、白色人種が有色人種を軍事力によって暴力的に支配することを正当化してきた数百年の歴史を想い起こさせる働きかけを、この小説の言葉はしていたのである。

「十二月四日」の「翌日」、すなわち「二百三高地」が陥ちたその日の日付を、「ホトトギス」の読者に想い起こさせながら、その記憶の想起にアンドレア・デル・サルトという一般の読者にとっては全く「無名」な画家と、世界中で最も有名な画家の一人であるレオナルド・ダ・ヴィンチという固有名を重ねることによって、『吾輩は猫である』の読者は、この小説テクストの「一刻のF」から「社会進化の一時期に於けるF」を、自分の「個人的一世の一時期に於けるF」とのかかわりで想像することになる。『文学論』はすぐれた「読者論」でもあったのだ。

皮膚の色としての猫たちの名前

「吾輩は猫である。名前はまだない。」という冒頭の二文が反復されるのは、「車屋の黒」との出会いの場面だ。「彼は純粋の黒猫である」と言う吾輩は「毛」を「皮膚」と呼んでいる。白色人種による有色人種の支配とは、肌の色に基づく人種差別を軍事力によって固定化したことにほかならない。『吾輩は猫である』という小説の中において、人間社会の側から猫を名付ける場合の基本原則は、単体としてのその猫の個別性や単独性を表象するのではなく、多くの他の猫とも共有しているところの、毛の色でしかないのだ。
「車屋の黒」との出会いが語られる前に、主人である苦沙弥が水彩画をはじめたエピソードが語

られるのだが、その直前に「吾輩」がかかわりを持っている猫社会の面々が紹介されている。

　我輩の尊敬する筋向《すじむこう》の白君抔《など》は逢ふ度毎《たびごと》に人間程不人情なものはないと言つて居らるゝ。白君は先日玉の様な猫子を八疋産まれたのである。所がそこの家の書生が三日目にそいつを裏の池へ持つて行つて八疋ながら棄てゝ来たさうだ。白君は涙を流して其一部始終を話した上どうしても我等猫族が親子の愛を完《まつた》くして美しい家族的生活をするには人間と戦つて之を剿滅《そうめつ》せねばならぬといはれた。一々尤《もつとも》の議論と思ふ。又隣りの三毛君抔は人間が所有権といふ事を解して居ないといつて大に憤慨して居る。元来我々同族間では目刺《めざし》の頭でも鰡《ぼら》の臍《へそ》でも一番先に見付たものが之《これ》を食ふ権利があるものとなつて居る。もし相手が此規約を守らなければ腕力に訴へて善い位のものだ。然るに彼等人間は毫《ごう》も此観念がないと見えて我等が見付た御馳走《ごちそう》は必ず彼等の為に掠奪《りやくだつ》せらるゝのである。彼等は其強力を頼んで正当に吾人《ごじん》が食ひ得べきものを奪つて済して居る。白君は軍人の家に居り三毛君は代言《だいげん》の主人を持つて居る。吾輩は教師の家に住んで居る丈こんな事に関すると両君よりも寧《むし》ろ楽天である。唯《ただ》其日其日が何《ど》うにか斯《こ》うにか送られゝばよい。いくら人間だつてさういつ迄も栄へる事もあるまい。まあ気を永く猫の時節を待つがよからう。

「軍人の家」で飼われているのが「白君」であり、「代言の主人を持つて居る」のは「三毛君」、そして「車屋の黒」である。要するに名前は、猫の「皮膚」としての毛の色なのである。

猫の名が毛の色でしかない、ということに読者が意識的になった瞬間、そのような安易な命名の仕方をしたのは誰かということに注意が向き、猫たちの主人である人間たちの職業が気になり出す。「軍人」も「代言」も、そして「車屋」や「中学校の教師」も、明治維新以後の「文明開化」「富国強兵」政策の中で新たにつくり出された職業にほかならない。

「軍人」は、一八七二年十一月二十八日に「徴兵の詔《みことのり》」が出され、一八七三年一月十日に太政官布告として徴兵令が出されたことによって、大日本帝国の陸海二軍が国民軍として編成された。この帝国軍隊に軍事専門学校を出て自らの意志で入り、退役まで軍務につく者を「軍人」と呼びならわすようになった。漱石夏目金之助がこだわりつづけた「強制徴兵」制ならではの職業だ。

「代言」とは代言人のことであり、明治時代の前半期までの弁護士のことである。一八七二年の太政官布告によって司法職務定制が設けられ、一八七六年に「代言人規則」が定められ、司法卿《しほうきょう》から免許を得た者でないと代言をなすことができないと定められた。日清戦争の直前の一八九三年の弁護士法の公布によって廃止された。したがって日露戦争の二年目の年には、弁護士になっていたはずなのだが、呼びならわした「代言」が使われているのである。

「車屋」とは人力車夫のこと。和泉要助、鈴木徳次郎、高山幸助らが一八六九年に馬車からヒントを得て試車を開発し、翌一八七〇年に東京府に免許を申請し、人力車製造をはじめると同時に、東京日本橋で営業を始めた。日清戦争の直後の一八九六年には、二十一万台を数えたが、東京の道路が拡張され、馬車鉄道となり、さらに馬車の馬が日露戦争に動員され、路面電車となることによって、次第に数が減っていく状況にあった。日本近代小説の始まりを宣言したとも言える坪内逍遙《つぼうちしょうよう》の『当世書生気質《とうせいしょせいかたぎ》』（一八八五）の第一回の冒頭には、「東京」が「大都会とて四方より、入こむ人もさまざまなる、中にも別て数多くは、人力車夫と学生なり」と表現されている。「人力車夫と学生」が象徴的な対として位置づけられているのである。

もちろん、「学生」すなわち「書生」とは、旧士族の男子子弟を中心に、地縁血縁を辿《たど》って、田舎から東京に上京し、学歴エリート社会を上昇していくために、住み込みで家事労働を手伝いながら、各種学校に通わせてもらっている勝ち組みに連なろうとしている若い人たちのことだ。

人力車夫は日露戦争前後は都市貧民の象徴となっていたが、体力がなければつとまらない。当初は、幕末維新期の内戦において、負けた側の士族が多く人力車夫となっていた。

学歴エリート社会の頂点に向かうためには、帝国大学を卒業しなければならない。一八八六（明治一九）年三月一日に勅令として帝国大学令が出され、同じ年に中学校を卒業して、帝国大学への進学をめざす予備教育機関として高等中学校が創設された。最も激しい受験戦争は、この中学校から高等中学へ進学するときに展開されるのである。これが高等学校になったのが一八九四（明治二七）年、日清戦争の年である。帝国大学に入るためには、第一から第五までのナンバースクール（東京が第一、以下仙台、京都、金沢、熊本とつづく）である高等学校に入学して卒業しなければならない。「吾輩」の主人は、その中学校の英語の教師なのである。

日清戦争後の一八九七（明治三〇）年に京都帝国大学ができ、たった一つだった帝国大学が東京帝国大学と相対化される。猫たちの飼い主の職業は、明治維新後の「文明開化」「富国強兵」政策、白色人種である欧米列強の模倣政策の中で新たにつくられた職業であることが明確になる。

そして「吾輩」が、中学の英語教師である苦沙弥先生のところで飼われるきっかけをつくったのが、ほかならぬ「書生」だったのだ。「吾輩は猫である。名前はまだない。」という第一文と二文の直後の叙述である。

どこで生まれたか頓《とん》と見当がつかぬ。何でも薄暗いじめじめした所でニャーニャー泣いて居た事丈《だけ》は記憶して居る。吾輩はこゝで始めて人間といふものを見た。然《しか》もあとで聞くとそれは書生といふ人間中で一番獰悪《どうあく》な種族であつたさうだ。此《この》書生といふのは時々我々を捕へて煮て食ふといふ話である。然し其《その》当時は何といふ考もなかつたから別段恐しいとも思はなかつた。但《ただ》彼の掌に載せられてスーと持ち上げられた時何だかフハフハした感じが有つた許《ばか》りである。掌の上で少し落ち付いて書生の顔を見たのが所謂《いわゆる》人間といふものゝ見始《みはじめ》であらう。

「書生」という明治日本に特有な社会階層について、「吾輩」は「人間中で一番獰悪な種族」という。人種主義的な語彙《ごい》を選んでいる。その直後に「我々を捕へて煮て食ふといふ話」が猫族の中で出ているのだから、「書生」とは人喰《く》い人種ならぬ、猫喰い人種ということになる。人喰い、すなわち食人習俗を口実に「新大陸発見」後の大虐殺が、皮膚の色の違いで正当化されていった。

「新大陸発見」という暴力の真相暴露

食人習俗のことを「カニバリズム（cannibalism）」という。これは西インド諸島のカリブ人のスペイン語なまりに由来する。一四九二年にイスラム教国最後の拠点グラナダを征服したイザベル一世（一四五一～一五〇四）は「国土回復運動」（レコンキスタ）を終え、クリストバル・コロン（一四五一～一五〇六）すなわちコロンブス（英国名）を後援し、西回りの航路でインドに到達する計画を実施する。大西洋を西へ西へとむかい、茶色い肌をしたアジア系の顔立ちの人々と出会ったので、コロンはカリブ海の島々を「西インド諸島」と名づけたのであった。その後、イタリア人アメリゴ・ベスプッチ（一四五四～一五一二）が、一五〇一年から二年にかけてのポルトガル探検隊との航海で、アジア大陸とは別な大陸だと確信し、後になってドイツの地理学者が、彼の名を基にアメリカ大陸と名付けたのだ。

「汝殺すなかれ」という教義を持つキリスト教徒であったはずの、武装集団としての貴族たちは、ローマ教皇の命令により、「レコンキスタ」と称して、十字軍による遠征を繰り返し、イスラム教徒に対する殺戮《さつりく》、強奪、強姦《ごうかん》を、その教義の名において正当化し、数世紀に渡って反復継続して来た。その「レコンキスタ」が終わった直後に、新大陸アメリカが、スペインとポルトガルという、カトリック国家によって発見され、軍事的に占領されてしまった。そして、イスラム教徒だからという宗教的口実ではなく、「カニバリズム」を「野蛮」の象徴としての「悪」、ないしは「悪」の象徴としての「野蛮」として位置づけ、先住民の殺戮、強奪、強姦が正当化されたのだ。南アメリカ大陸の先住民はスペイン語でインディオと呼ばれ、その文明は馬と銃を操るコンキスタドール（征服者）を神の一行と誤認することで、アステカ帝国は一五二一年ヘルナン・コルテス（一四八五〜一五四七）に、インカ帝国は一五三二年フランシスコ・ピサロ（一四七六〜一五四一）に亡ぼされた。

北アメリカ大陸の先住民は、英語でインディアンと呼ばれた。この年代にイギリスも「新大陸」の北側を植民地化し、ここから先に述べた『倫敦塔』の世界がかかわって来るのだ。

「軍人の家」の「白君」は、産んだばかりの子どもを「八疋」、その家の書生に、「裏の池」に「棄て」られている。この事実が紹介されたとき、あらためて冒頭で「吾輩」がおかれていた危機的状況が浮かびあがって来る。「吾輩」も、まさに生まれた家の縁の下から、その家の「書生」、「人間中で一番獰悪な種族」の手で連れ去られ、棄てられたのである。棄てられたのが「裏の池」ではなく、「笹原」だったから生き延びたのだ。「笹原を這ひ出すと向ふに大きな池がある」という設定は、「吾輩」のおかれていた危機を、「白君」の「八疋」の「猫子」の運命とつなげることによって喚起しているのである。「書生」とは猫族にとって、虐殺者として立ちあらわれている人間の種族のことになる。猫と人間との対立は、「新大陸」先住民とヨーロッパ白色人種との比喩になっている。

自分の子どもを虐殺された「白君」は、「人間と戦つて之を剿滅《そうめつ》せねばならぬ」とまで語っている。「軍人の家」で飼われている「白君」は、主人の側に生殺与奪の権を握られているのである。「代言の主人」を持っている「三毛君」は、「所有権」をめぐる人間と猫族の違いについて怒りを表明している。猫世界では「一番先に見付たものが之を食ふ権利がある」ということになっているが、「人間は毫《ごう》も此観念がない」と「我等が見付た御馳走《ごちそう》は必ず彼等の為に掠奪《りゃくだつ》せらる、」と主張するのだ。「所有権」とは物を全面的に支配できる物権、すなわち他人の行為を介することなく直接目的物を支配して利益を享受しうる権利のことである。

「三毛君」の言う「一番先に見付たもの」に「所有権」があるという議論は、あまりに乱暴なものだと考えてしまうかもしれないが、これこそ人間社会の「所有権」の実際だった。「新大陸」を、スペインとポルトガルというカソリックの国家が、「発見した」と主張しはじめてからの人間世界、とりわけキリスト教文化圏の論理こそ、「一番先に見付たもの」の「所有権」の論理だったという歴史が、迫り出してくるのである。

一四九二年に、大西洋を真っすぐ西へ進んだコロンが、インドに到達したと思い込んだということは、地球が球型だということを証明した。この天地は造物主《ぞうぶつしゅ》である神が創造したのであるから、神の代理人であるローマ教皇が「所有権」の裁定をするという論理で、大航海時代を先導していると同時に、ローマ教皇を競いながら出していたスペインとポルトガルが、世俗の王の権限で世界を二分割することになった。

一四九三年五月四日、スペイン出身でボルジア家のローマ教皇アレクサンデル六世は、大西洋のベルデ岬諸島の西約五百キロの子午線を境に、東がポルトガル領、西をスペイン領と定めた。これが教皇子午線。これに対してポルトガル王ジョアン二世がスペインに有利だと、教皇子午線に不服を申し立て、両国は直接交渉をしはじめた。教皇の裁定を世俗の王が変更するという形で、一四九四年六月七日に、ベルデ岬諸島の西千八百五十キロの子午線を境界とすることで一致して結ばれたのがトルデシリャス条約にほかならない。列強による条約外交の始まりである。二〇一六年の夏にオリンピックが行われたブラジルが、かつてポルトガル領植民地であり、公用語がポルトガル語で、その西側の地から南への国境が直線であるのは、子午線で分割されているからだ。

世界分割の子午線を選定する基準線となったベルデ岬諸島は、一四九五年以来ポルトガル領となり、ヨーロッパ、アフリカ、アメリカ各大陸の間の航海のための中継補給地と同時に、大西洋奴隷貿易の拠点となる。「新大陸」の植民地化を進める中で、ヨーロッパ人としての白人が、アフリカの「黒」い人々を捕獲して、赤い「皮膚」の人々を殺し強姦した後の植民地の労働力として売るというのが、奴隷貿易である。まさに「皮膚」の「色」で人間の命まで含めたあらゆるものごとの「所有権」が決められ、「白」い「皮膚」の人間が同じ人間であるはずの黒い「皮膚」の者を「物」として売り買いする商取引きが始まったのである。

「白」い「皮膚」のヨーロッパ人の商人たちは、セネガル以南のアフリカ西海岸を南下しながら、現地の首長から、銃や酒と交換するという形で、奴隷を手に入れていた。アフリカ西海岸の部族間では、奴隷獲得を目的にした戦闘が激化し、社会が大きく荒廃し、部族間対立は、二一世紀の現在まで、宗主国が少数部族に支配権を与え、多数派を支配するという植民地支配における記憶と重なって残存している。

「白」い「皮膚」のヨーロッパ人は南北アメリカ大陸を勝手に「所有」し、カリブ海地域における砂糖や綿花を中心とするプランテーションの労働力としてアフリカ大陸で拉致した奴隷を売り、その代金で、プランテーションで生産されている砂糖や綿花などの植民地生産品を大量に購入してヨーロッパで売る、あるいは西インド諸島から糖蜜を輸入してラム酒にして、アフリカ西海岸で奴隷を獲得し、西インドや大陸南部の植民地に売り込むという、いわゆる三角貿易を成立させていった。「主人」と「猫」との間には、「主人」と「奴隷」の関係がしっかりと刻まれ、「皮膚」の「色」を媒介に、『吾輩は猫である』という小説テクスト全体に、この権力関係の歴史的推移が刻まれているのである。

そうであればこそ、苦沙弥先生が「吾輩」に「名前」を「まだつけて呉れない」ということが重要なのだ。それは「主人」と「奴隷」の関係には入らないという無意識の意思表示にほかならない。「無名の猫で終る」ということは、決して隷属しない「自己本位」を「吾輩」が生き抜くことの証しなのである。

デル・サルトとダ・ヴィンチの時代

「新大陸発見」によるヨーロッパキリスト教文化圏の権力者による世界支配と、ルネサンス美術の世界には、密接なつながりがある。アンドレア・デル・サルトは一四八六年にフィレンツェに生まれ、本名はアンドレア・ドメニコ・ダニョロ。フィレンツェ派最後の大家と言われ、一五三〇年に亡くなり、マニエリスム絵画の創始者と事後的に位置づけられた画家である。

フィレンツェ派、スコラ・フィオレンティーナは、ルネサンス時代にフィレンツェを中心に活動した画家たちのことをひとくくりにして言う概念である。ジョット（一二六六?～一三三七）の影響を強く受けたマサッチオ（一四〇一～一四二八）が創始者と言われ、遠近法と明暗法による空間表現と、人間の身体をギリシアローマ彫刻的に表象するルネサンス様式を確立した。このマサッチオの写実的な成果を、科学的正確さを究めていく方向で、レオナルド・ダ・ヴィンチ（一四五二～一五一九）によって自然主義的写実主義が完成され、最盛期がダ・ヴィンチとラファエロ（一四八三～一五二〇）そしてミケランジェロ（一四七五～一五六四）といった世界で最も有名な画家たちに代表されるのが、フィレンツェ派である。しかしこの三人はフィレンツェからローマに出てしまっている。

レオナルド・ダ・ヴィンチは一五一三年に教皇レオ一〇世（一四七五～一五二一）に招かれてローマに行く。ローマ滞在は一六年まで、その後フランス王フランソア一世（一四九四～一五四七）の招きでアンボワーズ近郊のクルー城に行き、ここで没するのである。

ダ・ヴィンチの身の処し方と、王権と教皇権の権力闘争は、そのまま結びついている。一五一三年に教皇となったレオ一〇世は、ミラノをねらって進軍してきたフランス軍をスペインと組んで打ち破った。しかしフランソア一世は一五年に侵攻し、勝利の結果ボローニャの政策協定を結び、ローマ教皇のフランスへの支配権はさらに後退したのである。

ダ・ヴィンチがローマに滞在している間、一五一四年にブラマンテが亡くなった後を引き継いで、ラファエロがサン・ピエトロ大聖堂の建築監督となっていた。もちろんレオ一〇世の意向に基づくものである。ラファエロは、レオ一〇世の前の教皇ユリウス二世（一四四三〜一五一三）のためにバチカン宮殿の『アテネの学堂』をはじめとする大フレスコ画を手がけていた。フレスコ画とは、まだ濡れている新鮮な（フレスコ）石灰漆喰《せっかいしっくい》に水彩絵具で描く壁画や天井画のことである。まさに美学者が言うところの「壁のしみ」である。苦沙弥が水彩画の練習をしているのもそのためだ。

ラファエロはまた古代遺跡発掘の監督も引き受けていた。ローマのように古代文明が発祥した地で、新しい建築物を作るとすると、その建設予定地の下に、遺跡が埋蔵されていないかどうかを、発掘調査しなければならない。ラファエロはその仕事も引き受けていたのである。今で言えば、ラファエロの役割は大土木建築事業を受注した大手ゼネコンの社長というところである。直前の一五〇八年から一二年にかけて、システィナ大聖堂の天井画を完成させていたのがミケランジェロであった。

こうした一大土木工事と「壁のしみ」である天井画や壁画を発注しているのがローマ教皇なのだ。それだけの財源をどう調達するかである。ここにいわゆる「免罪符《めんざいふ》」問題が発生することになる。「免罪符」とはローマ教皇が発行権を持つ、罪の償いを免じられるとされた証書である。教会への寄進と交換で下付されるしくみであった。

スペインとポルトガルによる世界の二分割を決めた、一四九三年の教皇勅書を出したスペイン出身のアレクサンデル六世は、「新大陸発見」の年に教皇に選出されたが、教皇の座をお金で買ったと言われていた。さらに息子のジョバンニやチェザーレを要職につけることによって、ボルジア家の「ネポティズム」（同族重用主義）と批判された。神の代理人であるはずのローマ教皇自身が、同族の利益のために権力を乱用する腐敗の中にあった。

新たに「発見」された「新大陸」で、コロンがインド人と間違えた誤りをそのままに、「インディオ」とスペイン人が勝手に呼んだ先住民の所有していた金や銀を略奪し、これに従わない者を神と国王に対する反逆者として殺戮《さつりく》しつづけたコンキスタドール（征服者）たちは、虐殺と略奪と強姦を神の名において正当化していた。

もちろん毎年一万五千人が「新大陸」へ渡航していたのだから、貴族という殺人と強盗強姦の血筋と家系ではない人々もその中にはたくさんいた。その人たちには自分たちが罪を犯しているという自覚はあったはずだ。罪は改悛《かいしゅん》によって許されるが、改悛をする場としての教会のない「新大陸」に移住した場合どうするのか。だからこそ「新大陸」における教会建設とキリスト教の布教活動が異様な速さで進行していくわけだが、それでも人々が日々犯している罪の数の方がはるかに先行して増えていく。

罪は改悛によって許されても、罰についてはなんらかの善〝業〟によってしかつぐなえない。祈りや断食と並んで、貨幣経済が広がって以後は、教会への献金によって罰が相殺されるという解釈が広まるようになる。

コンキスタドールをはじめとする侵略的移民者たちの、「新大陸」での罪の積み重ねは尋常な数ではなかったはずだ。その罪をどのように償えば良いのか。教会に献金さえすれば罰が許されるならば、これほど好都合なことはない。こうして「免罪符」すなわち贖宥状《しょくゆうじょう》がキリスト教圏で広範に販売されるようになってしまったのだ。

レオ一〇世は、ロレンツォ・デ・メディチの次男である。「新大陸」発見後の大西洋奴隷貿易を中心とする、殺戮と強奪と強姦の商業化が、どれだけ大航海時代の商人や軍人たちに、〝地獄に落ちる〟恐怖を与えていたかは、周知のことであった。サン・ピエトロ大聖堂の建造と、戦争遂行のための莫大な費用を支出した。それをまかなうために「免罪符」をドイツで販売することをレオ一〇世が許可したために、マルティン・ルターは一五一七年十月三十一日にこれに抗議する「九十五ヶ条の提題」を出す。二一年ルターをレオ一〇世が破門したため、いわゆる「宗教改革」の発端となると同時に、「宗教戦争」の発端ともなったのである。

フィレンツェ派の最盛期における、ラファエロ、ミケランジェロは、「水彩画」としての「壁のしみ」であるフレスコ技法による天井画や壁画によって、ローマの大寺院建築に奉仕したのであり、彼らの現在にいたるまでの名声、つまり有名性は、そこに刻まれた教皇と王と商人の権力関係と金力関係によって、現在にまでもたらされているのである。

アンドレア・デル・サルトの無名性は、彼が、決してローマに出ることなく、それまでに確立された油絵の技法をしっかりと次の世代に受け継ぐ役割を担ったことによる。そうであるがゆえに、手法や様式を意味する「マニエラ」に由来するマニエリズムの創始者としてアンドレア・デル・サルトが位置づけられているのでもある。アンドレア・デル・サルトは、肌の「色」の違いだけを口実に、同じ人間を商品化し売り買いし、生殺与奪の権を握って来た、「白」い肌を持つキリスト教文化圏の在り方を批判する無名な固有名なのだ。

「名前はまだ無い」が、「無名の猫で終る積りだ」と覚悟を決めている「吾輩」が、四回までも「アンドレア、デル、サルト」という画家の固有名を繰り返すのは偶然ではない。普通名である毛の「色」の名前が、「主人」である人間によって、あたかも「猫」の固有名であるかのように使用されている問題系そのものが、『吾輩は猫である』における言葉の戦略として位置づけられているのである。「吾輩」をはさんで三者対話をする苦沙弥先生と「美学者」が、それぞれ二度ずつアンドレア・デル・サルトという固有名を発話していることも、「二〇三高地」のことを一切話題にしないという、大日本帝国臣民からの逸脱を示しているのである。

それにしても、「吾輩は猫である」という虚構でしかない小説を読むために、なぜ私たちは、ここまで現実の歴史を日付けまで含めて記憶から想起しなければならないのか。それは、「吾輩」が四回目にアンドレア・デル・サルトという固有名を発する、つまりこの固有名の八回目の登場の直後に発話される「金縁眼鏡の美学者」の、嘘の自慢話の中で読者に向けて謎解きされているのである。

　此美学者はこんな好加減《いいかげん》な事を吹き散らして人を担ぐのを唯一の楽《たのしみ》にして居る男である。彼はア・ン・ド・レ・ア、・デ・ル、・サ・ル・ト事件が主人の情線に如何なる響を伝へたかを毫も顧慮せざるもの丶如く得意になつて下の様な事を饒舌《しゃべ》つた。「いや時々冗談を言ふと人が真に受けるので大に滑稽的美感を挑撥するのは面白い。先達てある学生にニ・コ・ラ・ス、・ニ・ツ・ク・ル・ベ・ーがギ・ボ・ンに忠告して彼の一世の大著述なる仏国革命史を仏語で書くのをやめにして英文で出版させたと言つたら其学生が又馬鹿に記憶の善い男で日本文学会の演説会で真面目に僕の話した通りを繰り返したのは滑稽であつた。所が其時の傍聴者は約百名許りであつたが皆熱心にそれを傾聴して居つた。

「ニコラス、ニックルベー」とは、ディケンズの小説『ニコラス・ニックルビィの生涯と冒険』の、つまり虚構としての小説の主人公の名前である。それに対して、「ギボン」は、実在するエドワード・ギボン（一七三七〜九四）というイギリスの実証主義的歴史家である。しかし「ギボン」が書いたのは、『ローマ帝国衰亡史』（一七七六〜八八）全六巻であって、「仏国革命史」は書いていない。「仏国革命史」を一八三七年に書いたのはトーマス・カーライル（一七九五〜一八八一）であり、もともと英語で書いた。しかし「ギボン」が『ローマ帝国衰亡史』を書く前は、フランス語で著述していたのである。

虚と実が連続的に転換しながら、そこにローマ帝国から仏国革命にいたる、ヨーロッパキリスト教文化圏の全歴史が組み込まれているのである。漱石小説の方法の要は、日露戦争後、「一等国」幻想を内面化した日本人読者の意識を、世界史的に転倒し、批判するところにあった。

三章 日露戦争後文学を担う 新聞小説作家誕生

『三四郎』

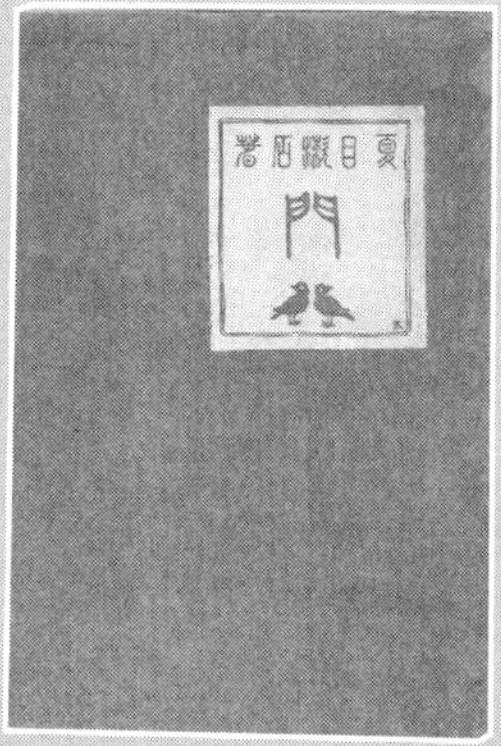

『門』

『虞美人草』

『それから』

漱石の朝日新聞入社

一九〇七（明治四〇）年の二月から三月にかけて、『東京朝日新聞』の主筆池辺三山《さんざん》（一八六四〜一九一二）は、帝大講師夏目金之助を専属の新聞小説家として招聘《しょうへい》するために動き出す。夏目金之助は、自分の文学的作物はすべて朝日新聞に掲載することをまず約束し、その分量や内容については自分の側の随意であるとし、報酬としては月給二百円、盆暮の賞与はあわせて給与の四ヶ月分を要求した。それまでの教師としての給与と比べると破格の金額であった。朝日新聞社側は、この要求を受け入れた。

東京帝国大学と第一高等学校の英語教師であった夏目金之助の、朝日新聞社員として専属の小説家になる決意は、次のように宣言されている。

> 新聞屋が商売ならば、大学屋も商売である。商売でなければ、教授や博士になりたがる必要はなかろう。月俸を上げてもらふ必要はなかろう。*勅任官《ちょくにんかん》になる必要はなかろう。新聞が商売である如く大学も商売である。新聞が下卑た商売であれば大学も下卑た商売である。只個人として営業してゐるのと、御上で御営業になるのとの差《さ》丈《だ》けである。

「大学」は「御上」すなわち国家が「営業」するのに対し、「新聞」は「個人として営業してゐる」というのが、漱石夏目金之助の選択の基準であった。大学の教師たちは、国家機関としての文部省から与えられる「従七位」号を獲得《かくとく》し、天皇の命令としての「勅」によって任命される職に就こうと競争している。「大学屋」から「新聞屋」に転職することは、夏目金之助にとってこうした天皇を頂点とした、大日本帝国の支配機構から相対的に自由になることでもあった。新聞小説家になることを宣言した夏目漱石のこの「入社の辞」は、初代文部大臣森有礼《ありのり》が一八八六（明治一九）年に公布した「帝国大学令」を強く意識している。

「帝国大学令」第一条では、「帝国大学ハ国家ノ須要《すよう》ニ応スル学術技芸ヲ教授シ及其蘊奥《うんのう》ヲ攻究スルヲ以テ目的トス」と規定されている。つまり「国家」が最も重要だ（須要）と認定した学問、技芸について教えて、その奥深いところ（蘊奥）を修めてきわめることが「目的」であったのが、「帝国大学」であった。「帝国大学」における主体は個人ではなく「国家」にほかならない。そうした大日本帝国という「国家」の価値判断を前提とした機関から身を引き、「個人」として生き抜いていくことを、夏目金之助は決断し、新聞小説家夏目漱石に転生したのである。

当初明治新政府の*新聞紙印行条例（一八六九年二月）によって新政府の方針を国民に知らせる

*勅任官　明治憲法下の官吏区分で、高等官の一種であった。日本国憲法の下では上級国家公務員または官僚に当たる。

*新聞紙印行条例　明治政府の許可を得た新聞のみ発行を認める条例。事実上、政府に都合の悪い言論を弾圧する役割を持っていた。

役割を担わされ、国家主導で推進された新聞の発行は、自由民権運動の中で、反政府的主張が「新聞紙条例」などによって弾圧されていった。

自由民権運動の中で政論を中心とした知識層を読者とした新聞は、紙面が大きかったので「大新《おお》聞」と呼ばれ、庶民を対象とした、小さい紙面で漢字にはルビ（振り仮名）を付し、社会的事件の記事や新聞小説といった読み物中心の「小《こ》新聞」とに分岐していった。

一八七九（明治一二）年大阪で「小新聞」として創刊された「朝日新聞」は、一八八八（明治二一）年に、自由党員星亭《ほしとおる》（一八五〇～一九〇一）が一八八四（明治一七）年に創刊した「自由之《の》灯《ともしび》」を、「小新聞」として改題発行された「めざまし新聞」を買収して「東京朝日新聞」として東京進出を果した。その翌年の一八八九年一月三日から大阪は「大阪朝日新聞」と改題し、この年の二月十一日に発布された大日本帝国憲法全文を、東京から電報で送信して号外を出し、「官報」印刷のため導入された＊マリノニ式輪転機をいち早く取り入れて、情報伝達の早さで勝負する報道新聞に「小新聞」から転換する。

戦争と新聞記者

ではなぜ朝日新聞側は漱石夏目金之助を、専属の新聞小説作家として雇ったのか。そこには日露戦争後の新聞をめぐる厳しい状況があった。新聞が最も儲《もう》かるのは戦争報道である。その戦争が終ってしまったのだ。

「強制徴兵」制の大日本帝国が初めて行った大規模な対外戦争が日清戦争(一八九四〜九五)であった。海外で戦争を遂行している場合、前日の戦闘の状況、すなわち「強制徴兵」で戦地に出ている家族の一員である兵士としての男性の安否を知る手段は、電信や電報で現地から戦況情報が送られてくる、天皇直属の陸軍参謀本部と海軍軍令部に入ってくる「官報」を新聞で読むしかなかった。日清戦争のときから新聞を毎日読むという習慣が、経済的文化的(識字能力等)な条件を有している階層に広がっていった。伊藤博文と教育政策で一致していた森有礼は、帝国大学令と同時に小学校令、中学校令、*師範《しはん》学校令を相継いで発し、教育制度を中央集権的に全国統一した。日清戦争は、この教育改革からまだ八年しかたっていなかった。しかし日露戦争は十八年後で、大日本帝国の識字率は九〇パーセントを越えて飛躍的に拡大していた。

大日本帝国臣民の多くが、新聞の官報や号外で日々の戦況に一喜一憂させられた。なぜなら自分の息子や兄弟、夫や父の生死の情報を知る唯一の手段が、毎日の新聞とその号外による戦況報告だけだったからだ。インターネットはもとより、テレビもラジオもない時代であった。

現在あたり前になっている、朝起きると新聞が各家の新聞受け(郵便受けを兼ねる)に配達され

*マリノニ式輪転機　近代新聞の基礎を築いた人物のひとりとされるフランスのイポリット・オギュスト・マリノニが開発した輪転機。8頁建ての新聞を1時間に3万部印刷でき、旧型機の20倍に相当する効率であったという。
*師範学校　戦前の初等・中等学校教員の養成(師範教育)を目的とした中等・高等教育機関。

ているというシステムも、日露戦争のときに全国に拡がっていったのである。新聞記者が取材のための努力をしなくても、毎日読者がお金を払ってまでも知りたい、「強制徴兵」された身内の男性たちの安否と生死を知ることのできる情報媒体は新聞だけであり、戦争は確実に刻一刻と「強制徴兵」による大日本帝国陸海軍人、すなわち強制的に兵士にされた身内の男性の生死という、最も価値の高い情報商品をもたらしていたのである。

しかし、一九〇五（明治三八）年九月五日のポーツマス講和条約以後、戦争情報は無くなってしまう。日露戦争後の新聞読者の新しい市場を切り開くため、朝日新聞主筆池辺三山は、社会面の改良と小説欄の充実に乗り出した。この年の末には政治小説作家であった須藤南翠《なんすい》（一八五七～一九二〇）や、初代主筆でもあった小宮山天香《てんこう》（一八五五～一九三〇）などを退社させ、新時代の小説家としての夏目漱石の獲得に三山は動いた。結果として一九〇七（明治四〇）年の入社となった。

入社第一作『虞美人草』

新聞小説家夏目漱石の「朝日新聞」入社第一作は、『虞美人草《ぐびじんそう》』（一九〇七・六・二三～一〇・二九）である。前評判は高く、呉服店が「虞美人草浴衣」、宝石店が「虞美人草指輪」を売り出したりした。女性主人公甲野藤尾《こうのふじお》が、外交官として外国で客死した父親が生前決めた結婚相手宗近一《むねちかはじめ》を拒絶し、博士論文を執筆している文学者小野清三を結婚相手として選ぼうとしているところから物語は始まる。藤尾の腹違いの兄欽吾《きんご》は、父親の遺志に縛られている。

大阪と東京の両方に二つの拠点を持つ朝日新聞の読者を意識して、奇数章は藤尾の異母兄哲学者欽吾と宗近一との京都旅行、偶数章では、東京の小野と藤尾の恋の進展が、長編小説の前半では描かれていく。章立てでは中間になる九章で、小野の京都時代の恩師井上孤堂《いのうえこどう》とその娘小夜子《さよこ》が、宗近と甲野が帰京する同じ夜行急行列車に乗り合わせて東京にむかい、十一章で『虞美人草』連載三ヶ月前の三月二十日から上野公園で開かれた*東京勧業博覧会《かんぎょうはくらんかい》で、主要登場人物が全員集まるという趣向が凝らされていた。

過去における孤堂と小夜子への恩義と情合《じょうあい》（思いやりや愛情）に対して、未来を切り開くための甲野家の遺産相続の利権もからむ、藤尾とその母への接近をはかる小野の矛盾を軸に、物語の後半は進んでいく。勧善懲悪路線に即して、小野と藤尾との関係は物語としては切り捨てられることになるが、近代小説としては説得力にかけていたことは、長編小説の終わりが、唐突なしかも原因さえさだかではない藤尾の死によってもたらされていることからも明らかだ。

『虞美人草』の女性主人公藤尾が、作者から理不尽な死を与えられて罰せられたのは、彼女の父親が決めた宗近一ではなく、彼女自身が選んだ小野清三を結婚相手として選ぼうとしたからにすぎない。自分の結婚する相手を自分で選ぶということは、この本の読者であるあなたにとっては、あ

*勧業博覧会　明治時代に5回開かれた政府主導の博覧会。日本国内の産業発展を促進し、魅力ある輸出品目育成を目的とした。

たり前のことだが、百年以上前の漱石の世代、『虞美人草』が新聞連載された時代の大人たちにとっては、受け入れ難いことだったのだ。ここには、日露戦争前後の若い世代との結婚観の大きな違いが刻まれている。

江戸時代の武士階級の結婚は、家と家との間の家格を最優先した結合の道具であり、幕藩体制を支える政治的営為でさえあった。そこに個人である男女の感情がかかわる余地はなかった。そうした支配階級の価値観は、被支配階級である農工商の結婚観も支配した。明治維新後、初代文部大臣となった森有礼を中心とした知識人によって、欧米キリスト教文化圏における個人と個人の結婚という観念が広げられはじめたが、まだ一部の人々のものでしかなかった。

甲野家の家長であった、外交官として海外で死んだ父親は、藤尾を宗近一と結婚させようとしていた。一は高等文官試験を受けて外交官となろうとしていたが、一年目は不合格、物語の始まりは二度目の試験を受けた後の宗近一と甲野家の跡取りとしての甲野欽吾の京都旅行からであった。そして二人が京都から東京に戻って来る同じ夜行急行寝台列車で、小野の恩師孤堂とその娘小夜子も上京してくる。宗近の説得で小野は小夜子と結婚する方向に心を変えるので、物語は家長が決めた結婚を拒み、自分が選んだ男性と結婚しようとした藤尾が、全ての作中人物から罰せられる形で、不可解な死をとげて終わることになる。

読者との応答関係に基づいた新聞連載小説にいたるまで漱石はかなり苦労をする。その原因の一つは、小説の作中人物は必ずしも作家の思いどおりにはならないという、最も根本的な問題であった。もう一つは、作者が否定的な作中人物として設定した藤尾に、小説の読者が魂を奪われてしまったからだ。藤尾に熱烈な支持を表明したのが「木曜会」における弟子の一人の森田草平《もりたそうへい》であった。

東京帝国大学を辞めた漱石の家には、大学時代の弟子たちがよく出入りするようになっていた。あまりにも毎日訪問者が多くて、新聞連載小説の執筆に支障をきたすので、漱石は木曜だけに面会日を限定した。それで誰ともなく「木曜会」と名づけられた、弟子たちを中心とした集まりが毎週もたれるようになる。

「木曜会」では様々なことが議論されたが、漱石が「朝日新聞」に連載中の小説についても、弟子たちはかなり言いたい放題の論評をしていたようだ。草平自身は、この場が「ディアレクチック」（『夏目漱石』筑摩書房、一九六七）だったと回想している。

現在進行形で執筆中の新聞連載小説を、弟子たちに自由に論評させるということを、漱石は実践していたのである。この事実は新聞小説家夏目漱石の誕生から、その成長過程を考えるうえで、見逃してはならないことに思える。

一つは、文学的盟友正岡子規が行っていた句会や、写生文の発表会としての＊「山会」をはじめとして、それぞれの表現者が創作した文学作品を、自由に論評し合う討議的な公共空間を、漱石夏目金之助は弟子たちとの間にも意識的につくりながら、それを小説執筆の力にしようとしていたということ。もう一つは、発表されたばかりの連載小説の論評を聴くことは、今書きつつあるその小

＊山会　病床にあった正岡子規を囲む、１９００年から始まった発表会。子規が作り出した新文体で書いた文章を持ちより、子規の枕辺で朗読し、子規はそれをきいて批評した。

説の続きについて、読者がどのような期待を抱いているかを知る、絶好のマーケット・リサーチの場になるということだ。

本人がそう意識していたかどうかは別にして、漱石夏目金之助は、しっかりと読者の期待の地平の在り方を意識しながら新聞連載小説を書かざるをえないようになっていったのである。「朝日新聞」における最初の連載小説『虞美人草』は、小説の「作者」(この二文字は連載中何度も新聞紙面に登場する)の制御がきかない形で、作中人物と読者との結びつきがつくられてしまったのである。

新聞連載小説において、読者の読む意識をどのように方向づけ、相互浸透的なかかわり方を創っていく必要があるのかという最も要となる問題に、漱石は最初から向き合うことになり、「木曜会」における弟子たちとの*弁証法的対話(「ディアレクチカ」)が、小説家夏目漱石の力量を飛躍させていったと思われる。

『坑夫』と『夢十夜』

『虞美人草』は、作者夏目漱石にとっても失敗作と認めざるをえない、いくつもの問題を孕《はら》んでいた。一つは地の文に「作者」が直接自ら名乗って姿を現し、小説の内容や作中人物に対して意見や感想を述べるのだが、なかなかその通りにはならないこと。第二にその作者が名付けたことになる、作中人物の名前が『金色夜叉《こんじきやしゃ》』のような名詮自性《みょうせんじしょう》(名前がそのもの自体の本質を明らかにする)的命名法(銀行経営者の跡取り息子でお宮と結婚するのが富山唯継《とみやまただつぐ》——富の山を唯《ただ》継いだ存在——といった作中人物の名付け方。甲野は甲冑《かっちゅう》すなわち鎧《よろい》と兜《かぶと》をつけて戦場としての野に立つの意で、宗近は宗教に近いというような名前のこと）になっていること。第三に作中人物は決して作者の思い通りにはなってくれず、勝手に自立した存在として動きはじめてしまうこと。

小説執筆の心得としてはあたり前のことではあるが、初めての新聞連載小説という気負いが、その未だ規範化されてはいなかった心得を、漱石夏目金之助に踏みはずさせてしまったのであろう。しかし新聞小説家を職業として選んだ夏目金之助は、漱石の名にふさわしい打開策を実践していくことになる。

それが『坑夫』だ。この小説は、きわめて明確な方法意識に裏付けられて執筆されていく。

　原因もあり結果もあつて脈絡貫通した一個の事件があるとする。然《しか》るに私はその原因や結果は余り考えない。事件中の一個の真相、例えばBならBに低徊《ていかい》した趣味を感ずる。従つて書方も、Bという真相の原因結果は顧慮せずに、甲、乙、丙の三真相が寄つてBを成している。それが面白いと書く。即ち同じ低徊していても、分解的に出来てる所が多い。（「『坑夫』の作意と自然派伝奇派の交渉」、「文章世界」一九〇八・四）

＊弁証法　哲学で、世界や事物の変化や発展の過程を本質的に理解するための方法、法則のひとつ。ギリシア哲学以来議論されてきたが、現代においては、ヘーゲルによって定式化された弁証法や、それを継承しているマルクスの弁証法を意味することがほとんどである。

一九〇八年一月、『虞美人草』を単行本として出版した直後、漱石は「朝日新聞」紙上で、『坑夫』の連載を始める。素材は坑夫体験を持つ一人の青年からの持ち込みであった。この時期、*田中正造《たなかしょうぞう》が告発した足尾銅山の鉱毒事件は社会問題化し、坑夫たちの争議も大きく新聞報道されていた。

中等教育までを受けた一人の青年が、二人の女性との関係に追い詰められて、実家のある東京から家出をし、足尾銅山とおぼしき鉱山にむかってひたすら歩いていく途中で「ポン引き」に声をかけられ、他の坑夫志願者と共に鉱山に行き、その内部に入って実状を体験してみるが、遂に坑夫にはならないまま戻ってくるという筋立てである。

すべての叙述は、この坑夫にならなかった体験を、事後的に一人称で回想的に語る語り手に即して統一されている。この一人称の語り手が、この小説におけるすべての情報の提示の仕方を差配しているのである。その差配によって、過去の出来事であるにもかかわらず、あたかも一人称の語りと語られている出来事とが同時進行しているかのような錯覚を、読者に与えることに『坑夫』の文体は成功している。

その意味で新聞連載小説第二作である『坑夫』は、夏目漱石の小説群の中でも、最も実験的で前衛的な〝意識の流れ小説〟（漱石が心理学の基礎に位置づけたウィリアム・ジェームズの弟ヘンリー・ジェームズが二〇世紀になって発表した実験的な小説群）となっている。

『坑夫』は、作中人物の性格設定と人間関係、そして物語の展開を作り込み過ぎた『虞美人草』の縛りから脱け出し、物語の枠が他者の経験の持ち込みであったために、逆に新聞連載小説を書く現場での、日々の思いつきを十全に解放して生かす形で、主人公の内的独白のような、心理的な経験を表象する文体を生み出すことができたのである。小説の手法としては、一九世紀小説から一気に二〇世紀の前衛的小説に、漱石は跳躍したのである。

> 所《ところ》が梯子《はしご》の中途《ちゅうと》では、全く之と反対の現象に逢《あ》つた。自分は初さんの後を追つ懸《か》けて登らなければならない。其の初さんは、とつくに見えなくなつて仕舞《しま》つた。心は焦《あせ》る、気は揉《も》める。手は離せない。自分は猿よりも下等である。情ない。苦しい。――万事が痛切である。自覚の強度が次第々々に劇《はげ》しくなる許《ばか》りである。だから此の場合に於ける精神運動の方向は、消極より積極に向つて登り詰める状態である。偖《さて》其の状態がいつ迄も進行して、奮興《ふんこう》の極度に達すると、矢張り二様の作用が出る訳だが、とくに面白いと思ふのは其の一つ、――即《すなは》ち積極の頂点からとんぼ返りを打つて、魂《たましひ》が消極の末端にひよつくり現れる奇特《きどく》である。平たく云ふと、生きてる事実が明瞭になり切つた途端《とたん》に、命を棄《す》て様と決心する現象を云ふんである。自分は之を活上《くわつじやう》より死に入る作用と名《なづ》けてゐる。此の作用は矛盾《むじゆん》の如く思はれるが実際から云ふと、矛盾でも何でも、魂の持前だから存外《ぞんぐわい》自然に行はれるものである。

これは「初さん」という先輩坑夫に、坑道の中を案内してもらっていた途中ではぐれてしまった

*田中正造　足尾鉱毒問題について、代議士を辞して明治天皇に直訴するなど、政府と古河財閥に対して被害農民の側にたって半生をかけて闘う。古河鉱業足尾銅山による鉱毒問題は、日本初の公害事件と言われる。衆議院議員選挙に当選6回。

ことに「梯子の中途」で気づき、途方にくれたときの、一瞬にして気持ちが正反対の方向に転換するところを叙述したところである。最初の一文と「初さんは、とつくに見えなくなつて仕舞つた」という「た」止め（過去を表す文末詞）の文で過去の出来事であったことを示しながら、「焦る」「揉める」「離せない」「情けない」「苦しい」という一瞬一瞬の感情の変化を点描する現在時の生々しさを表象したうえで、「である」止めで詳細な分析的叙述が展開される。内容としては一瞬の感情の転換、生きようと必死になっている状態から、「命を棄て様と決心する現象」への転換なのだが、あたかも学術的論文のような理論的分析的叙述が展開されていく。その主題は「矛盾」である。

この「矛盾」が許容されるのが夢の世界である。一九〇八年七月一日付の高浜虚子《たかはまきょし》宛の手紙で、「小生夢十夜と題して夢をいくつもかいて見様《みよう》と存候《ぞんじそうろう》。第一夜は今日大阪へ送り候」と書いている。新聞連載は七月二十五日から。その「第一夜」の冒頭。

こんな夢を見た。

腕組をして枕元《まくらもと》に坐つて居ると、仰向《あふむき》に寝た女が、静かな声でもう死にますと云ふ。女は長い髪を枕に敷いて、輪廓《りんくわく》の柔らかな瓜実顔《うりざねがほ》を其の中に横たへてゐる。真白《まつしろ》な頬《ほ》の底に温かい血の色が程よく差して、唇《くちびる》の色は無論赤い。到底《たうてい》死にさうには見えない。然《しか》し女は静かな声で、もう死にますと判然《はつきり》云《い》つた。自分も確に是れは死ぬなと思つた。そこで、さうかね、もう死ぬのかね、と上から覗《のぞ》き込む様にして聞いて見た。死にますとも、と云ひながら、女はぱつちりと眼を開けた。大きな潤《うるほひ》のある眼で、長い睫《まつげ》に包まれた中は、只《ただ》一面に真黒《まつくろ》であつた。其の真黒な眸《ひとみ》の奥に、自分の姿が鮮《あざやか》に浮かんでゐる。

「こんな夢を見た」と、とりあえず「た」という助動詞で終わる文章で始まるのだが、「た」は動作や作用が過去の事柄であることを示しつつ、その結果が現在なお継続していることを表わす助動詞である。夢を見た記憶が現在なお残存しているからこそ成り立つ文章なのだということが、この七文字で提示されているのだ。

夢の内容に入る文末は「云ふ」、「横たへてゐる」、「赤い」、「見えない」と、あたかも現在時がそのまま持続するかのような印象を読者に与えるように、動詞の終止形、形容詞、否定形という形態を異にする文末詞の連続で表現している。

だからこそ「女は静かな声で、もう死にますと判然《はつきり》云《い》つた」という一文が決定的に読者の脳裏に刻みつけられるのだ。そして同じ重さで「死ぬなと思つた」という一文も、読者の意識に刻まれる。決して逃れることのできない「死」。女も男も覚悟を決めている。その覚悟を互いに決めるための最後の言葉のやりとり。もし「愛」という観念の一つの例証があるとすれば、このような場面であったのかもしれない。

『三四郎』における日露戦争の傷跡

夏目漱石の筆名が、一躍人気小説家として知られるようになるのは『三四郎』(一九〇八・九・一〜

一二・二九）からであろう。百年以上たった二一世紀においても、この小説の主人公の名前は、彼がはじめて「池の女」と出会った池に冠《かん》せられ、その大学の構成員はもとより地元住民からも呼びならわされている。東京大学本郷キャンパスの「三四郎池」は、当時の面影をそのまま伝えているかのようなたたずまいの中に今もある。

『三四郎』という小説は、いずれも夏目金之助の以前の職場であった、熊本第五高等学校を卒業し、東京帝国大学に進学した小川三四郎を主人公とし、彼が東京に向かう汽車の中で出会う第一高等学校教授広田萇《ちょう》、東京帝国大学講師で物理学者の野々宮宗八とその妹よし子、野々宮と同学年で法学士の里見恭助《きょうすけ》とその妹美禰子《みねこ》、画家の原口、そして広田の家の居候で三四郎の友人となる与次郎などが登場する。三四郎以外は、いずれも東京帝国大学のある＊本郷文化圏に属する人々である。

野々宮と結婚する可能性のあるらしい美禰子に、三四郎が次第にひかれていきながら、最後は彼女が見ず知らずの「髭《ひげ》の無い男」と結婚をし、原口さんの描いた「森の女」という美禰子の肖像画の前で、「迷羊（ストレイ・シープ）・迷羊（ストレイ・シープ）」とつぶやき続けるところで終わる物語である。

『三四郎』は次のようにはじまる。

うとくとして眼《め》が覚《さ》めると女は何時《いつ》の間にか、隣《とな》りの爺《ぢい》さんと話を始めてゐる。此爺さんは慥《たし》かに前の前の駅から乗つた田舎者《いなかもの》である。発車間際《まぎは》に頓狂な声を出して、馳け込んで来て、いきなり肌《はだ》を抜《ぬ》いだと思つたら脊中《せなか》に御灸の痕《あと》が一杯あつたので、三四郎の記憶に残つてゐる。爺さんが汗を拭いて、肌を入れて、女の隣りに腰を懸《か》けた迄よく注意して見てゐた位である。女とは京都からの相乗《あひのり》である。乗つた時から三四郎の眼に着いた。第一色が黒い。三四郎は九州から山陽線に移つて、段々京大坂へ近付いてくるうちに、女の色が次第に白くなるので何時《いつ》の間にか故郷を遠退《の》く様な憐れを感じてゐた。それで此女が車室に這入つて来た時は、何となく異性の味方を得た心持がした。此女の色は実際九州色《いろ》であつた。

三輪田の御光《おみつ》さんと同じ色《おんな》である。国を立つ間際《まぎは》迄は、御光さんは、うるさい女であつた。傍《そば》を離れるのが大いに難有《ありがた》かつた。けれども、斯《か》うして見ると、御光さんの様なのも決して悪くはない。

眠りからの目覚めの瞬間、主人公の三四郎は眠りに入る前の出来事の記憶を想い起こしている。無意識から意識への境界越えと、その逆の二重性が冒頭の一文に刻まれている。一人の地方から上京する、熊本第五高等学校から帝国大学に入学する、知的エリート青年の意識に即した地の文は、新聞小説読者自身の日露戦争後の記憶を呼び覚まそうとしている。作者漱石夏目金之助の意図はたとえば「山陽線」という一言にこめられている。

「山陽線」は、二年前の一九〇六（明治三九）年に、国論を二分した「鉄道国有化」問題を、読

＊本郷文化圏　東京帝国大学を中心に、教授、官僚、弁護士、医者など、当時の富裕層とその子弟である学生や書生たちが集まって、一つの文化圏を醸しだしていた。

者の記憶から呼び覚ますキーワードになっている。二年前までは山陽鉄道会社であったのが、国家に買収されて国有鉄道の一部となるので「山陽線」という名称に変更されたばかりであった。

では何故日露戦争後に、軍部の強い圧力で鉄道が国有化されたのか。それは戦争中の鉄道の運行状況は、そのまま軍事機密とかかわっていたからだ。軍部の要請に基づく鉄道の特別運行は、兵站《へいたん》（食糧や軍需物資の前線への補給）状況はもとより、たとえば「二〇三高地」戦で多くの死傷者を出した後の兵員の補充は、「強制徴兵」制の年齢を引き上げる形で行われたのだから、日本全国の鉄道の特別ダイヤ編成で、戦場の戦力増強が行われていった。

日本は鉄道後進国であった。各鉄道会社は必ず外国の鉄道会社からの、技術提供をはじめとする様々な援助を受けなければならなかった。また鉄道事業は、鉄道線路を敷くまでの建設段階での初期投資が最も重要なので、株式会社制であればここにも外国資本としての銀行等が参加する。大株主には事業内容の公開を会社側に要求する権利があり、会社側にはそれに応じる義務がある。軍部からすれば、鉄道事業は軍事機密と不可分であることが、日露戦争を通じて明らかになったので、軍事機密が外国に漏れないように「鉄道国有化」を政府に強く要求したのであった。

しかし株主からしてみれば、日清戦争後の鉄道開設ブームの中で初期投資をして鉄道を開通させ、これから資本を回収し儲《もう》けに転ずるところであった矢先にそれを国有化されたのではたまらない。とりわけ外国の投資家たちが強く反対したために、鉄道国有法が帝国議会にかけられたとき、外務大臣が辞任するにいたっている。

鉄道国有法によって、国家に買収される私設鉄道は全部で十七社あったのだから、何も山陽鉄道でなければならない理由はない。この小説の主人公の出身地をどこにするのか、という問題とかかわっている。

山陽鉄道は一八八八（明治二一）年に兵庫・明石間でまず開通し、日清戦争の始まる一八九四（明治二七）年には広島につなげられている。それは前年五月二十二日に戦時大本営《だいほんえい》条例で天皇直属の最高指導機関としての大本営がおかれたのが広島であったからだ。日清戦争においては大陸出兵の中心的な輸送路線であった。一九〇一（明治三四）年には馬関（下関）まで全通している。

さらに播但《ばんたん》鉄道から姫路・新井間（一九〇三年）、讃岐鉄道から高松・琴平間（一九〇四年）などを引き継ぎ（買収し）本州と四国をつないでいく。一八九八（明治三一）年にはすでに山陽汽船で連絡船と鉄道をつないでいった。瀬戸内海を運航する他の旅客船との競争があったため、急行列車、食堂車（一八九九年）、寝台車（一九〇〇年）をいち早く導入し、大日本帝国における鉄道事業の代表格の会社であった。『三四郎』の連載が始まったとき、それが国有化される買収のただ中だった。国有化されたのは一九〇九年十二月一日、社長は一八九一年まで中上川彦次郎、翌年三井銀行副長となっており、国有化のための買収金は三井財閥に入っている。

『三四郎』の連載が始まるとき、この山陽鉄道会社が「山陽線」となる鉄道国有化をめぐる買収劇は連日新聞紙面をにぎわしたニュースの一つだった。小説の中ではたった一言であっても、その言葉をめぐる新聞読者の記憶のスイッチを入れれば、きわめて多くの情報を、読者自身の記憶から想い起こさせ、小説の細部をめぐる潜在的な情報網として機能させることが可能になる。その実践が作中人物である小川三四郎の、目覚めから、眠りに入る前の記憶の想起と重ねられているところに、『三四郎』という小説以後の、新聞小説家夏目漱石の方法の要がある。たしかに「山陽線」が、薩長藩閥政権の縁故者たちが上京し、また帰京する路線であったことは見逃せない。

日露戦争の戦後問題としての鉄道国有化問題が国家の在り方をめぐる領域であったとすると、もう一つの大きな問題は個人の領域における「戦争未亡人問題」、日露戦争で夫を失った妻たちの生活であった。職業軍人の夫を失った妻たちは、身寄りがない場合、「高等淫売」として身を売るしか、生活をする金銭を得る方法がなく、社会問題化していた。「京都からの相乗《あひのり》」の「女」が重要なのだ。

三四郎が眠っている間、同席していた「爺《ぢい》さん」とすっかり「懇意」になっていた女は、自分の身の上を打ちあけている。「夫は呉に居て長らく海軍の職工をしてゐたが戦争中は旅順の方に行つてゐ」て、「戦争が済んでから一旦帰つて来た」ものの、戦後不況で仕事がない日本に比べて、「あつちの方が金が儲かると云つて、又大連へ出稼ぎに行つた」のだが、「半歳許《はんとしばかり》前から手紙も金も丸で来なくなつて仕舞つた」ので、「小供」をあずけてある自分の「里へ帰」るのだと女は語っている。

きわめて短い叙述だが、同時代の新聞読者であれば、この男が徴兵を逃がれるために、家督相続者としての男子がいなかった「汽車の女」の家に婿入りし、旅順で多くの死者を出した陸軍はもとより海軍の兵士でさえなく、「海軍の職工」として「旅順の方に行つてゐ」たということが推察できるのである。戦争は終わって軍費も使い果たしてしまったのだから当分徴兵の心配はない。家督相続者としての婿でなくても生き延びられるのだから、男は戦後不況で仕事の無い大日本帝国を女とともに捨てて、「旅順の方」で消息を断ったのかもしれない。そして、この女の話に「息子」を「戦争中兵隊にとられて、とう〳〵彼地《あつち》で死んで仕舞つた」という爺さんが共感するのである。

しかし、高等学校に進学したがゆえに徴兵されなかった学歴エリート小川三四郎にとっては、すべて他人事で意識すらされない日露戦争後の庶民の現実であった。逆に新聞の読者の普通の人々が共有していた、戦争で失われた多くの男性たちの命の記憶が、小説の冒頭から想起される設定になっているのである。

この「汽車の女」から、別れ際、三四郎は「あなたはよつぽど度胸のない方ですね」と宣告される。長篇小説の主人公であり、かつその小説の世界を読者に伝える視点人物でもある三四郎を、はじめから批判的に相対化して読んでいく新聞読者の位置を、『三四郎』の冒頭で漱石はつくっていたことがわかる。

妹たちの運命と兄の引越し

「池の女」と心の中で名付けていた女性が、「里見美禰子」という名前であることを三四郎が渡された名刺で知ることになるのは、「天長節《てんちょうせつ》」すなわち明治天皇の誕生日である十一月三日に行われた広田先生の引越しのときである。美禰子は自分の名前を名刺という活字印刷媒体で社会的に流通させようとしている女性であることがわかる。

荷物の片付けがあらかた終わり、高等学校での「天長節」の儀式を終えて帰って来た広田先生を交えて、イギリスの最初の女性の職業作家であるアフラ・ベーン（一六四〇〜一六八九）の書いた

『オルノーコ』という小説を、トーマス・サザーン（一六六〇〜一七四六）が脚色した戯曲の科白《せりふ》の翻訳の仕方について、与次郎と三四郎と美禰子の間で議論が交わされているところに野々宮がやって来る。そして、大久保に「一家を構へた」ばかりなのに、妹のよし子が「学校へ行き帰りに、戸山の原を通るのが厭《いや》」だという理由で、そこを引き払って、再び下宿生活に戻ることを野々宮は引越し中の広田先生に報告する。三四郎や与次郎と共に美禰子も、この報告を聴いている。

四人が翻訳していた科白について、その直前に野々宮から問われた美禰子は、「Pity's《ピチーズ》 akin《アキン》 to《ツー》 love《ラッヴ》」と「美しい奇麗な発音」で伝えている。広田先生の引越しの際中に、引越したばかりの家から自分と妹の引越しの話をする野々宮が登場する、この場面の含意は複雑である。そして長篇小説『三四郎』の主人公、地方の地主の息子で学歴エリートである三四郎には理解し切れていない、大日本帝国の首都東京で暮らす帝国大学関係者の生活の現実が、新聞読者には如実に想起される設定になっている。

「大久保」の野々宮の借家を訪れて留守番をさせられることになった三四郎は、薄汚れた「立附《たてつけ》が悪い」家の内部を見廻しながら、「あれだけの学者で、月にたつた五十五円しか、大学から貰《もら》つていないそうだ。だからやむをえず私立学校へ教えに行くのだろう。それで妹に入院されては堪るまい。大久保へ越したのも、あるいはそんな経済上の都合かも知れない」と、郷里の先輩の経済的事情に思いをめぐらせている。

「大学」からの給料では足りないから、「私立学校」にまで出講しなければならないのである。広田先生の場合もそうであったように、引越しするにあたっては多額の敷金を払わねばならなかった。

相場は家賃の三ヶ月分。引越しをするためには家賃四ヶ月分のお金を動かさねばならない。その引越しを済ませた矢先の妹よし子の入院。退院する際には入院費を支払わねばならない。野々宮にとって手痛い臨時出費であることに三四郎は気づいている。引越してから、まだわずかな日数しかたっていない段階で借家を出れば、多額の敷金のかなりの部分が戻ってくるはずだ。

実際野々宮はすぐ借家を引き払い、よし子は美禰子の家で暮らすことになる。この事実について、野々宮と美禰子が結婚をするのではないかと考えているが、二人の関係についてこれまでのことを十分に知らない三四郎は、野々宮が「下宿生活に戻」ったことについて「家族制度から一歩退いたと同じ事」になるから「自分にとつては、目前の疑惑を少し長距離へ引き移した様な好都合にもなる」と考えている。つまり野々宮と美禰子の結婚の可能性について心配しなくてよいと三四郎は思ったのだ。

しかし、三四郎の予想に反して、美禰子の野々宮ではない別な男性との結婚話は、急速に進んでしまうことになる。その理由は絵画きの原口さんのアトリエで肖像画のモデルをしている美禰子の、「兄は近々結婚します」という一言で表現されていた。

美禰子には父母はいない。広田先生の友人だった長兄も亡くなり、兄の恭助と二人暮らしである。その恭助が結婚するとなると、美禰子は里見家から出ていかねばならない。なぜなら兄恭助は野々宮と同じ年の卒業で法学士なのだから、収入は野々宮と同じ程度である。野々宮が大学の給与だけでは足りず、アルバイトをしてようやくよし子と二人の生活が維持できたと考えると、恭助が結婚生活を経済的に成り立たせるためには、美禰子が家を出ていかねばならない。妻と妹両方の生活を支えることは恭助にとって困難だったはずである。ただ里見家の場合は持ち家があるので、借家住まいの野々宮よりは条件がかなり良いはずではあるが。

兄と二人暮らしの妹ということで言えば、よし子と美禰子は同じ状況におかれていたのである。兄が結婚をするためには、同時に妹も結婚しなければ、生活は成り立っていかないのである。

これまでのことを整理すると、野々宮は美禰子と結婚をするために一戸建ての家を借りたにもかかわらず、妹のよし子の突然の病気と入院で、想定外の出費をせざるをえなくなった。引越したばかりの家を引き払えば、敷金のかなりの部分が戻ってくる。入院と退院時の治療費の支払いに敷金の払い戻し金をあてることに言及しないために、野々宮は広田に、よし子が「戸山の原を通るのが厭《いや》だ」と言っているという理由づけをしたのだ。その理由は、広田の引越しの場面の最後、第四章の末尾に刻まれている。

「どれ僕も失礼しやうか」と野々宮さんが腰を上げる。

「あらもう御帰り。随分ね」と美禰子が云ふ。

「此間《このあひだ》のものはもう少し待つて呉れ玉へ」と広田先生が云ふのを、「えゝ、宜《よ》うござんす」と受けて、野々宮さんが庭から出て行つた。其影《かげ》が折戸の外へ隠れると、美禰子は急に思ひ出した様に「さう〳〵」と云ひながら、庭先に脱いであつた下駄を穿《は》いて、野々宮の後を追掛た。表で何か話してゐる。

三四郎は黙つて坐つてゐた。

この後ここで話題になる「此間《このあひだ》のもの」は、三四郎も巻き込まれる、与次郎の「二十円」をめぐる事件とかかわっている。

与次郎の失くした金は、額《たか》で弐拾円、但し人のものである。去年広田先生が此前《このまへ》の家を借りる時分に、三ヶ月の敷金に窮して、足りない所を一時野々宮さんから用達《だ》つて貰つた事がある。然るに其金は野々宮さんが、妹にヴイオリンを買つて遣《や》らなくてはならないとかで、わざ〳〵国元《もと》の親父《おやぢ》さんから送らせたものださうだ。それだから今日が今日必要といふ程でない代りに、延《の》びれば延びる程よし子が困る。よし子は現に今でもヴイオリンを買はずに済ましてゐる。広田先生が返さないからである。先生だつて返せればとうに返すんだらうが、月々余裕が一文も出ない上に、月給以外に決して稼がない男だから、つい夫なりにしてあつた。所が此夏高等学校の受験生の答案調《しらべ》を引き受けた時の手当が六十円此頃になつて漸く受け取れた。それで漸く義理を済ます事になつて、与次郎が其使《つかひ》を云ひ付かつた。

「その金を失くなしたんだから済まない」と与次郎が云つてゐる。実際済まない様な顔付《かほつき》でもある。何所《どこ》へ落したんだと聞くと、なに落したんぢやない。馬券を何枚とか買つて、みんな無くなして仕舞つたのだと云ふ。

結果として、三四郎が与次郎に仕送りから二十円を貸して、事態を収拾するのだが、与次郎が返さないので下宿代を払えなくなった三四郎が美禰子からお金を借りることになる、という借金の連鎖の物語となる。最終的に三四郎は母親に通常の仕送り以外の金を請求することで返却することになる。この奇妙に入り組んだ金銭の貸借関係の背後から浮かび上がってくるのは、兄たちの引越しをめぐる金銭の貸借関係と妹たちの運命である。

広田の言う「此間《このあひだ》のもの」とは、「去年広田先生が此前の家を借りる」ときの「三ヶ月分の敷金」の不足分として野々宮から借りた「二十円」のことである。「去年」のことについてそのまま「此間」とは言わない。おそらく最近、すなわちよし子の入院費をめぐって、野々宮さんから広田先生に、一年前の敷金の不足分返却の依頼があったからこその「此間のもの」なのである。

広田先生も、家賃のより安いところへ引越して、さらに「答案調べ」の「手当」、今で言う入試手当が支給されたので、ようやく一年前の借金を返済できたのだ。しかし、野々宮がよし子の入院費を支払う期限には間に合わなかった。だから野々宮は借家を引き払うしかなかったのである。その結果美禰子との結婚を先延ばしにすることになってしまった。美禰子は兄恭助の結婚が近づき、自分が家を早く出なければならないことを野々宮に告げたが、野々宮の方も妹よし子の結婚先を決めねばならず、それも彼女の病気で先延ばしになってしまう。結果として、よし子がお見合いをした同じ相手と、美禰子は結婚することになる。

なすすべの無かった野々宮は、「森の女」と題された美禰子の肖像画の前で、「美禰子の結婚披露」の「招待状を引き千切つて床の上に棄てた」のだと私は考えている。この解釈に基づけば、先の広田の引越しの時の美禰子の野々宮への「Pity's《ピチーズ》 akin《アキン》 to《ツー》 love《ラッヴ》」という謎の科白には、よし子へのあわれみないし同情は愛に類似している、という痛切な叫びが込められていたことが見えてくる。妹よし子の事情を野々宮が優先している間に、美禰子との結婚の可能性はどんどん遠ざかってしまっていたのである。それは美禰子と結婚をするという愛情と妹への同情を等価に置き、むしろ妹への同情を優先したことで愛を裏切った男性への、女性の側からの告発であったとも言える。それはまた男性優位の社会的関係の中に拘束された、女性の側からの痛切な訴えの声でもある。

この言葉が、イギリスで初めての女性職業作家アフラ・ベーンの小説『オルノーコ』を男性であるサザーンが脚色した台本の科白だという設定も見逃せない。小説というジャンルがまだできたばかりだったからこそ、女性も参入できたのだ。シェークスピア以来男の領分である演劇の脚本へは女性はまだ参入できなかった。女の書いた小説を男が戯曲に翻訳した科白を、女である美禰子が、男である野々宮に向けて発するその瞬間、女と男の性差をめぐる歴史的な葛藤が一気に顕在化する。

三四郎にとって、「森の女」という絵の構図は、初めて美禰子に出会ったその日の姿であるのだが、同じ日、おそらく美禰子は野々宮に会っていた。よし子の突然の病と入院。美禰子との結婚を先延ばしにしなければならなくなった野々宮は、苦しい弁解をしていたのであろう。そうすると「森の女」という絵の中の美禰子像は、野々宮との結婚の可能性を思い描いていた彼女の、最後の姿であったのかもしれない。美禰子は何も語らず、本郷文化圏の男たちの前から姿を消すのである。

日露戦争で多くの結婚適齢期の男性たちが命を落としたために、本郷文化圏の兄たちは自分の妹の結婚相手として、それぞれの友人を紹介し合っていた。美禰子が名刺を持っていたのは、そのためかもしれない。結果として野々宮の妹よし子ともお見合いをした男と、美禰子は結婚することになる。はたして女性である妹の側の思いは、尊重されたのだろうか。

美禰子の結婚が近いことを知った三四郎をなぐさめる与次郎の言葉は、日露戦後社会における女たちの在り方を冷酷に言い当てている。

「なに、もう五六年もすると、あれより、ずつと上等なのが、あらはれて来るよ。日本ぢや今女の方が余《あま》つてゐるんだから…」

三四郎は団子坂の菊見の後、美禰子から送ってきた絵葉書きに描かれた二匹の羊の絵を、自分と彼女のことだと思い込んでいた。しかしキリスト教徒である美禰子にとって、本当はしてはいけない愛のない結婚としての生活のための「商売結婚」（石川三四郎「自由恋愛私見」、「週刊平民新聞」、一九〇四・九）を兄から強いられている、二人の妹、自分自身とよし子のことだったのかもしれない。「Pity's《ピチーズ》 akin《アキン》 to《ツー》 love《ラッヴ》」という、大英帝国において初めての女性職業作家となったアフラ・ベーンの小説を、男性であるサザーンが戯曲「翻訳」した一言が重く響き続ける。

『それから』における日露戦後経済と新聞

『それから』の主人公長井代助《だいすけ》は、帝国大学を卒業したにもかかわらず、定職をもたず、実業家である父親と兄に生活費を支給されている。三年前に代助が仲を取りもった、大学時代の友人平岡常次郎《つねじろう》とその妻三千代が、平岡が関西の銀行を辞めたことで東京に戻って来ることになり、代助が三千代との関係を深めていってしまうという、当時の「姦通罪《かんつうざい》」（夫のいる女性が別の男性と性的関係を持つことを犯罪の対象とすること）にふれる直前までいく設定である。

実業家である代助の父と兄とのかかわりで、『それから』には現実の社会で起きた、汚職事件に言及しているところがある。しかも代助の家の書生の門野が読んでいる新聞記事として設定してあるのだ。新聞小説の読者に、新聞紙面で読んだ同じ現実の記事が紹介されていく。

其明日《そのあくるひ》の新聞に始めて日糖事件なるものがあらはれた。砂糖を製造する会社の重役が、会社の金を使用して代議士の何名かを買収したと云ふ報知である。門野は例の如く重役や代議士の拘引《こういん》されるのを痛快だ々々と評してゐたが、代助にはそれ程痛快にも思へなかつた。が、二三日するうちに取り調べを受けるもの丶数が大分多くなつて来て、世間ではこれを大疑獄の様に囃《はや》し立てる様になつた。ある新聞ではこれを英国に対する検挙と称した。其説明には、英国大使が日糖株を買ひ込んで、損をして、苦情を鳴らし出したので、日本政府も英国へ対する申訳に手を下したのだとあつた。

日糖事件の起る少し前、東洋汽船といふ会社は、壱割二分の配当をした後の半期に、八十万円の欠損を報告した事があつた。それを代助は記憶して居た。其時の新聞が此報告を評して信を置くに足らんと云つた事も記憶してゐた。

代助は自分の父と兄の関係してゐる会社に就ては何事も知らなかつた。けれども、いつ何《ど》んな事が起るまいものでもないとは常から考へてゐた。さうして、父も兄もあらゆる点に於て神聖であるとは信じてゐなかつた。もし八釜敷《やかまし》い吟味をされたなら、両方共拘引に価《あたひ》する資格が出来はしまいかと迄疑つてゐた。

「日糖事件」とは、実際に発生した大日本製糖株式会社の重役と帝国議会の議員との間の贈収賄事件のことである。この事件の報道は『それから』（一九〇九・六・二七～一〇・一四）の新聞連載の始まる二ヶ月前の四月十八日あたりから「朝日新聞」では行われるようになる。関係者の大量逮捕が始まったのが四月十一日からであった。その意味で『それから』は約二ヶ月前の実際の事件の記憶を読者に想い起こさせながら、虚構の小説の世界と現実とをつないでいるのだ。

日糖事件は、日露戦争後の日本の政治・経済・外交をめぐる「堕落」を象徴する、砂糖という植民地主義的なプランテーション型農業生産物と加工工業製品と税金にかかわる、政界・官界・財界すべてにわたる一大疑獄事件であった。代助は、自分の「父も兄も」「両方共拘引に価する資格」があると考えているのである。東京に来た友人の平岡は、実業界への就職をあきらめて、新聞社の経済関係の記者になるのである。長井家の「父も兄も」新聞における経済記事の格好の種になる。

新聞小説である『それから』は、要所要所で読者がこの小説を読んでいる新聞という活字メディアの、きわめて独自な社会的機能を読者の意識に常に喚起する書き方になっていることがわかる。

平岡には、「新聞の経済部の主任記者にならぬかとの勧誘」があり、やがて就職が決まる。しばらくして代助が平岡の家を訪ねると夜なのに帰宅しておらず、三千代が唯一人、新聞を読んでいる。

平岡の家の近所へ来ると、暗い人影が蝙蝠《かはほり》の如く静かに其所《そこ》、此所《こゝ》に動いた。粗末な板塀《いたべい》の隙《すき》間《ま》から、洋燈《ランプ》の灯《ひ》が往来へ映《うつ》つた。三千代《みちよ》は其光の下で新聞を読んでゐた。今頃新聞を読むのかと聞いたら、二返目だと答へた。

「そんなに閑《ひま》なんですか」と代助は座蒲団を敷居の上に移して、椽側へ半分身体《からだ》を出しながら、障子へ倚りかゝつた。

平岡は居なかつた。三千代は今湯から帰つた所だと云つて、団扇さへ膝《ひざ》の傍《そば》に置いてゐた。

夜になって「洋燈《ランプ》の灯《ひ》」で、その日「二返目」に「新聞を読む」女として、三千代は代助の眼に焼きつけられる。夜遅くなっても帰宅しない夫を、ただ待つしかなく、朝読んだ「新聞」を「二返」も読む妻。妻の役割を果すことのできない女として、三千代は「新聞を読む」のである。この行為の中に、平岡と三千代の夫婦関係の内実があらわれており、代助は敏感にそれを察知する。「経済」のことが気にかかっていた代助は、平岡が新聞社に就職したのだから「此頃は生活費には不自由はあるまいと尋ねて見」ると、その問いに対して三千代は次のように応答したのであった。

「貴方《あなた》には、左様《さう》見えて」と今度は向ふから聞き直《なほ》した。さうして、手に持つた団扇《うちは》を放り出して、湯から出たての奇麗な繊《ほそ》い指を、代助の前に広げて見せた。其指には代助の贈つた指環《ゆびわ》も、他の指環も穿《は》めてゐなかつた。自分の記念を何時《いつ》でも胸に描いてゐた代助には、三千代の意味がよく分《わか》つた。三千代は手を引き込めると同時に、ぽつと赤い顔をした。

「仕方がないんだから、堪忍《かんにん》して頂戴」と云つた。代助は憐れな心持がした。

代助は三千代が平岡と結婚をするとき、平岡と一緒の店に入り、結婚のプレゼントとして、「真珠」の「指環」を買い、記念に贈っていた。借金の依頼に来た三千代と再会したとき、彼女は代助からもらった「指環」をはめた手の方を上にして代助の前に座った。もう一方の指にも「指環」がはめられていた。「代助には、三千代の意味がよく分つた」ということは、夫である平岡から生活費を渡されないために彼女が生活費に困って、二つの「指環」を質入れしたので、今自分の指には無いというメッセージを三千代は代助に送ったのである。新聞社に「就職」したにもかかわらず、平岡は三千代に生活費を渡していなかったのである。「自分の記念を何時《いつ》でも胸に描いてゐた代助には、三千代の意味がよく分《わか》つた」という叙述は意味深長である。つまり指輪をはめていない手を見せるということは、生活費を夫から支給されていないので、仕方なく代助からもらった指輪を質入れして、生活費にあてているという実状の表明になっていることを、代助は「よく分つた」のだ。

だから代助は帰り際に、実家からもらって来たばかりの旅行用の金を「勘定もせずに攫《つか》んで、是を上げるから御使《おつかひ》なさいと無雑作に三千代の前へ出した」のであり、「指環を受取るなら、これを受取つても、同じ事でせう。紙の指環だと思つて御貰ひなさい」とわざわざ説明したのである。

この出来事の後に三千代に会ったとき、彼女は「黙つて、次の間へ立つて行《い》」き、「赤い天鵞絨《ビロード》で張つた小さい箱を持つ」て来て、その中に「昔し代助の遺つた指環がちやんと這入つてゐ」ることを示すのである。念をおすように三千代はたった一言「可《い》いでせう、ね」と言う。代助から貰った金を直接「生活費」には使わず、「生活費」を得るために質に入れた「指環」を引き出すために使ったことを三千代は伝えようとしている。

なぜなら妻に生活費を支給する扶養の義務を、法律的に担うのは夫だからである。代助から貰った金をそのまま生活費に使ってしまったなら、代助が夫である平岡の代わりをした、という金銭上の「姦通」となってしまうからだ。夫以外の男性から「生活費」を支給してもらうわけにはいかない、という三千代の意思表示でもあったことがわかる。

しかし、金銭の流通過程から考えて、はたして三千代の思い通りなのだろうか。この三千代の仕草の中に漱石は金銭の貸借関係から、実はその意図とは反対の現実を、読者に伝えていることに注意を向けておくべきであろう。

たしかに代助が「金の指環だと思つて御貰ひなさい」と渡した金銭は、彼が贈った「真珠」の「指環」を質屋から受けだすために使われ、直接「生活費」には使わなかったことを三千代は意思表示している。しかし、「指環」を質に入れて借りた金は、すでに生活費に使われている。それだけではない。質草として預けた「指環」を受け出す際には利息を支払っているはずだ。そうであるならば、その利息分は正確に、何日分の生活費を代助が平岡の代わりに支給したのかを突きつけて来る数値であったはずなのだ。その潜在的な姦通のことを半ば意識してのことか、代助から金を渡されたこと、すなわち「この間の事を平岡君に話したんですか」と代助がたずねると、三千代は「いいえ」と答え、この言葉に対して「自分は三千代を、平岡に対して、それだけ罪のある人にしてしまつたと代助は考え」るのだ。さらに「法律上の制裁はいざ知らず」とまで代助は意識している。『それから』という小説の地の文の書き手は、金銭をめぐる潜在的姦通の自覚の後に「代助の三千代に対する愛情は、この夫婦の現在の関係を、必須条件として募りつつある」（傍点引用者）と読者に伝えているのだ。ここではじめて「愛情」という二字熟語が使われる。「愛情」は「経済問題」と不可分であることを、『それから』という小説は、日露戦後の現実として「朝日新聞」の読者に提示しているのである。

この場面に続いて、三千代は代助に北海道にいる父からの「長い手紙」を読ませる。三千代を東京の女学校に入れ、兄の菅沼には帝国大学を卒業させようとしていた父親は「かつて多少の財産と称えらるべき田畠の所有者であつた」が、「日露戦争の当時」に「株に手を出して全く遣り損なってから、潔《いさぎ》よく祖先の地を売り払つて北海道へ渡」らざるをえなくなったのだ。親と子の情愛はもとより、扶養のことを考えるなら、「愛情」は「経済問題」と切り離すことはできないのである。この父は一人息子と妻とを腸チフスで相継いで失っている。伝染病も対外戦争としての日露戦争がもたらした災いにほかならない。

「淋しくつていけないから、また来て頂戴」という三千代の言葉には、日露戦争後の状況が一組の夫婦を崩壊させた事実をめぐる、妻の側の心身の傷が深く刻まれているのである。

『門』における「韓国併合」の影

『門』（一九一〇・三・一～六・一二）は虚構の小説であるにもかかわらず、そのはじまりから現実の歴史過程を、新聞読者が想い起こさざるをえない設定になっている。

　達磨はそれぎり話題に上《のぼ》らなかつたが、これが緒《いとくち》になつて、三人は飯《めし》の済む迄無邪気に長閑《のどか》な話をつゞけた。仕舞に小六《ころく》が気を換《か》へて、

「時に伊藤さんも飛んだ事になりましたね」と云ひ出した。宗助は五六日前伊藤公暗殺の号外を見たとき、御米《およね》の働いてゐる台所へ出て来て、「おい大変だ、伊藤さんが殺された」と云つて、手に持つた号外を御米のエプロンの上に乗せたなり書斎へ這入つたが、其語気からいふと、寧《むし》ろ落ち付いたものであつた。

「貴方《あなた》大変だつて云ふ癖《くせ》に、些《ちつ》とも大変らしい声ぢやなくつてよ」と御米が後から冗談半分にわざ〳〵注意した位である。其後日毎《ひごと》の新聞に伊藤公の事が五六段づゝ出ない事はないが、宗助はそれに目を通してゐるんだか、ゐないんだか分らない程、暗殺事件に就ては平気に見えた。

世話になっていた叔父が死に、家長がその息子に代がわりしたために、それまで支給してもらっていた学費の打ち切りを叔母から宣告され、東京帝国大学への進学が危くなった弟小六が、叔母と

の交渉を依頼した兄宗助のところに相談をしに来たある秋の日曜日のことである。夕食の終わる頃、小六が話題にしたのがハルビンで伊藤博文が＊安重根《アンジュングン》に射殺された事件だ。この事件が実際に生起したのは一九〇九（明治四二）年十月二十六日、その「五六日」後の日曜日と言えば一九〇九年十月三十一日しかない。虚構の物語の中に、生々しく現実の歴史的時間としての年月日が、読者の記憶から呼び出されながら、小説の文面の上に重ねられるのである。

　この小六の言葉にうながされて、宗助と御米の間での「五六日前」のやりとりが想い起こされて、御米は夫が答えないままになっていた同じ質問を、この場で小六に向けてしたのである。


「どうして、まあ殺されたんでせう」と御米《およね》は号外を見たとき、宗助に聞いたと同じ事を又小六に向《むか》つて聞いた。

「短銃《ピストル》をポン〳〵連発したのが命中したんです」と小六は正直に答へた。

「だけどさ。何《ど》うして、まあ殺されたんでせう」

小六は要領を得ない様な顔をしてゐる。宗助は落付《おちつ》いた調子で、

「矢っ張《ぱ》り運命だなあ」と云つて、茶碗の茶を旨《うま》さうに飲んだ。御米はこれでも納得が出来なかつたと見えて、

「どうして又満洲抔《など》へ行つたんでせう」と聞いた。

「本当にな」と宗助は腹が張《は》つて充分物足りた様子であつた。

「何でも露西亜《ロシア》に秘密な用があつたんださうです」と小六が真面目《まじめ》な顔をして云つた。御米は、

「さう。でも厭ねえ。殺されちや」と云つた。

号外が配られた事件当日の十月二十六日から、少なくとも都合三回、御米は「どうして、まあ殺されたんでせう」という同じ問いを発したことになっている。それは宗助が御米の問いにきちんとした答えをしなかったからであり、弟の小六も義姉の問いを十分理解していないことが、読者にわかるように設定された会話場面になっている。

御米が問うているのは、伊藤博文が安重根に撃たれた理由であり、撃たれたときの状況ではない。しかし、この書き方は『門』という新聞小説の読者に、読んでいる現在時（一九一〇年三月）から四ヶ月前の同じ「朝日新聞」の報道を、くっきりと記憶からよみがえらせる働きをしているのである。なぜなら事件直後の数日間の報道は「至近距離から六発」という見出のように、小六の言う「短銃をポンポン連発した」といったレベルの報道だったからだ。

他方『門』を「朝日新聞」紙上で読んでいる読者にとっては、つい数週間ほど前の一九一〇年二月十四日に安重根の死刑判決が確定し、供述書の紹介を通じて安重根が伊藤博文を殺した理由については、その詳細が明らかになっていたのである。そして『門』の連載が始まって、まだ一ヶ月とたたない一九一〇年三月二十六日、伊藤の五ヶ月目の命日に、旅順監獄で安重根の死刑は執行され

＊安重根　朝鮮の民族主義者、独立運動家。韓国統監を務めた伊藤博文を殺害し、処刑された。日本では犯罪者、テロリストと評価される場合が多いが、日本によって植民地化された韓国では抗日の英雄と評価されている。

た。小説の中における何気ない夕食時の会話は、その場面を読む読者にとっては、きわめてニュース性の高い情報として、同じ新聞の他の紙面における記事と結びついていたのである。

御米の発した「どうして、まあ殺されたんでせう」という問いについての明確な答えは、『門』が掲載されている「朝日新聞」では、一九〇九年十一月十八日の記事として掲載されていた。予審の段階で安重根が証言した、伊藤博文殺害の十五箇条の理由書である。

（一）王妃の暗殺、（二）三十八年十一月の韓国保護条約五箇条、（三）四十年七月、日韓新協約七箇条の締結、（四）韓皇帝の廃立、（五）陸軍の解散、（六）市民殺戮《さつりく》、（七）利権掠奪《りゃくだつ》、（八）教科書焼棄、（九）新聞購読禁止、（十）銀行券の発行、（十一）三百万円の国債の募集、（十二）東洋平和の攪乱《かくらん》、（十三）保護政策の伴わざること、（十四）日本先帝孝明天皇を弑害したること、（十五）日本及び世界を瞞着《まんちゃく》したること等なり。

御米の問いに答えるには、この十五項目を示す必要があったのである。もちろん、こうした内容をすべて新聞小説の中で書くことはできない。厳しい検閲がなされていた時代である。しかし、小説の中の言葉によって、読者が同じ新聞紙面で読んだ記事の記憶に働きかけることは可能であり、これが漱石夏目金之助が、新聞小説家として構築した、新聞連載小説の重要な手法であると私は考えている。

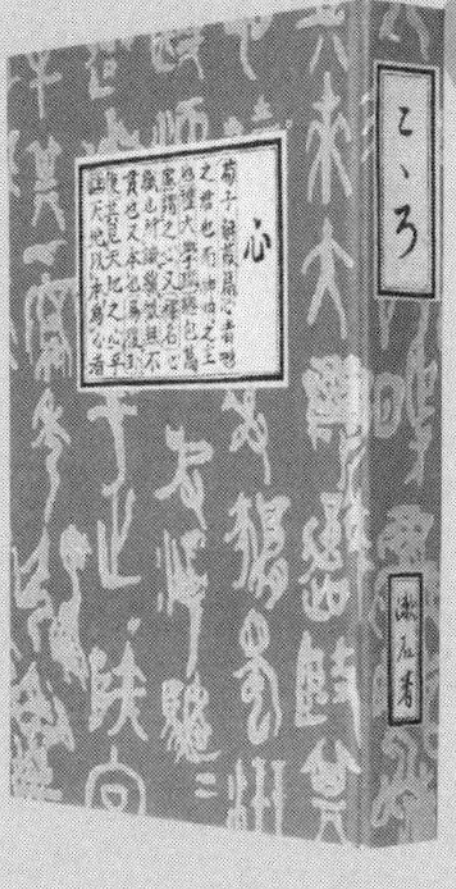

『こゝろ』

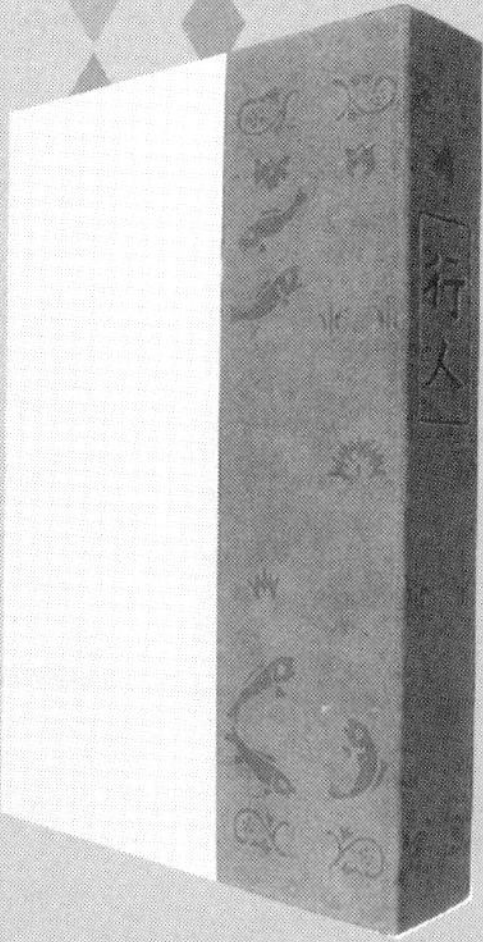

『行人』

『彼岸過迄』

四章 短篇を重ねた長篇小説としての後期三部作

就職先としての植民地

漱石夏目金之助は、胃潰瘍《いかいよう》の治療のため、一九一〇（明治四三）年八月六日から、伊豆修善寺温泉の「菊屋」に滞在していた。八月二十四日の夜「八時半大吐血、脳貧血を起し、三十分間人事不省に陥る」（荒正人『漱石研究年表』、集英社、一九七四・一〇）。いわゆる「修善寺の大患」である。「朝日新聞」への小説連載はできなくなり、一九一二（明治四五）年一月一日からようやく『彼《ひ》岸過迄《がんすぎまで》』が始まる。この日の「『彼岸過迄』について」という予告文で、漱石は「かねてから自分は個々の短篇を重ねた末に、その個々の短篇が相合《あいがつ》して一長篇を構成するように仕組んだら、新聞小説として存外面白く読まれはしないだろうかという意見を持していた。が、ついそれを試みる機会もなくて今日まで過ぎたのであるから、もし自分の手際が許すならばこの『彼岸過迄』をかねての思わく通りに作り上げたいと考えている」と宣言した。

「短篇を重ね」て「一長篇を構成する」という宣言のとおり、『彼岸過迄』は「風呂の後」、「停留所」、「報告」、「雨の降る日」、「須永の話」、「松本の話」、「結末」という七つの「短篇」で構成された「長篇」小説になっていく。小説の叙述の在り方も、前半の三篇は三人称叙述で、「雨の降る日」は千代子という女性登場人物が一人称で語ったはずの話が三人称的に叙述され、その後の二篇は、須永と松本という登場人物の一人称語りで、「結末」で再び三人称叙述に戻るという形になっている。

病いを押さえ込みながら、職業である小説家としての仕事に復帰するにあたっての、漱石夏目金之助の方法的挑戦が『彼岸過迄』でなされたのであった。語り方の異なる複数の短篇のつなぎ役は田川敬太郎で、彼は「遺伝的に平凡を忌《い》む浪漫趣味《ロマンチック》の青年」として位置づけられている。しかし、敬太郎の社会的境遇は、東京帝国大学を卒業しているにもかかわらず、かなり苦しいところにある。『彼岸過迄』は、「敬太郎はそれほど験《げん》の見えないこの間からの運動と奔走に少し厭気が注《さ》して来た」という一文で始まる。「運動」とは就職活動のこと。東京帝国大学を卒業したにもかかわらず、敬太郎は就職が決まらないのである。

　責めて此単調を破るために、満鉄の方が出来るとか、朝鮮の方が纏《まと》まるとかすれば、まだ衣食の途以外に、幾分かの刺戟《しげき》が得られるのだけれども、両方共二三日前に当分望《のぞみ》がないと判然して見ると、益《ますます》眼前の平凡が自分の無能力と密切な関係でもあるかのやうに思はれて、ひどく盆鎗《ぼんやり》して仕舞《しま》つた。夫で糊口《ここう》の為《ため》の奔走は勿論の事、往来に落ちたばら銭《せん》を探して歩くやうな長閑《のどか》な気分で、電車に乗つて、漫然と人事上の探検を試みる勇気もなくなつて、昨夕《ゆふべ》は左程好きでもない麦酒《ビール》を大いに飲んで寐《ね》たのである。

大日本帝国の中に就職口が無いので、敬太郎は「満鉄」（*南満洲鉄道株式会社）や「朝鮮の方」、

*南満洲鉄道株式会社　植民地化された南満洲における日本の特殊会社。鉄道事業を中心として広範囲にわたる事業を展開し、日本軍による満洲経営の中核となった。

すなわち日露戦争後の「韓国併合」(一九一〇・八・二二)後、植民地化した地域での就職口捜しをねらっていたのだが、それも「当分望《のぞみ》がないと判然」したため、「麦酒《ビール》を大いに飲」むことになったのだ。『門』の小六が、帝国大学に進学できなかった場合に「満州か朝鮮」に行くしかないと考えていたのに比べて、田川敬太郎は東京帝国大学を卒業したにもかかわらず、「満鉄の方」も「朝鮮の方」も駄目だったのだから、大日本帝国内部の不況と就職難をめぐる事態はかなり深刻である。

就職口がないということは、学歴社会を上へ上へと歩んできたはずの敬太郎にとって、実社会においては「無能力」であると判定されたのと同じことであった。この田川敬太郎について『彼岸過迄』の地の文の語り手は、「敬太郎は遺伝的に平凡を忌《い》む浪漫趣味《ロマンチック》の青年であつた」と読者に紹介していた。「学生時代」の敬太郎は南方探検家児玉音松の冒険談に憧れ、「新嘉坡《シンガポール》の護謨《ゴム》林栽培」で儲けようと考えていたのである。

「浪漫趣味《ロマンチック》」な欲望が、帝国主義的な植民地侵略主義と一体のものであることを、『彼岸過迄』の地の文は正確に読者に伝えている。敬太郎と同じ下宿で生活をしていた森本という男は、下宿代を踏み倒して姿を消した後、「大連《だいれん》」の「電気公園の娯楽掛り」としての職を得たことを手紙で知らせてくる。そしてその手紙の末尾で「満洲ことに大連は甚だ好《い》い所です。貴方のような有為の青年が発展すべき所は当分外《ほか》にないでしょう。思い切つて是非いらつしやいませんか。僕はこつちへ来て以来満鉄の方にも大分知人が出来たから、もし貴方が本当に来る気なら、相当のお世話は出来るつもりです」と述べていたのである。

下宿代も払えない最下層の鉄道労働者であった森本が、植民地化された満洲の大連で就職し、「満鉄」関係者に「知人」ができたから、「相当のお世話」、すなわちしかるべき優利な就職先を紹介すると、帝国大学を卒業しても宗主国《そうしゅこく》大日本帝国内部で就職先のない田川敬太郎に申し出ているのだ。植民地と宗主国における階級的転倒とでも言うべき現象が『彼岸過迄』という小説の出発点におかれていたことは重要な意味を持つ。

森本が職を得たのは「大連」の「電気公園の娯楽掛り」としてであった。宗主国に暮しているときよりも、はるかに有利な条件で働くことのできた「満鉄」関係者が、子ども連れで家族とともに休日を過ごすための、「浪漫趣味《ロマンチック》」な電気仕掛けの遊園地が「電気公園」であった。

「高等遊民」としての須永とその叔父

「満洲」と「朝鮮」を植民地化した植民地帝国日本の内部における経済的行きづまりが、帝国大学を卒業しても就職がないという田川敬太郎の現実によって示されていたとすると、その対局に位置するのが友人の須永市蔵だ。

敬太郎に須永《すなが》といふ友達《ともだち》があつた。是は軍人の子でありながら軍人が大嫌《だいきらひ》で、法律を修めながら役人にも会社員にもなる気のない、至《いた》つて退嬰《たいえい》主義の男であつた。少くとも敬太郎にはさう見えた。尤《もつと》も父は余程以前に死んだとかで、今では母とたつた二人ぎり、淋《さみ》しいやうな、又床《ゆか》しいやうな生活を送つてゐる。父は主計官として大分《だいぶ》好い地位に迄昇《のぼ》つた上、元来が貨殖《かしよく》の道に明らかな人であつた丈、今でも母子《おやこ》共衣食の上に不安の憂《うれひ》を知らない好い身分である。彼の退嬰《たいえい》主義も半ばは此安泰な境遇に慣《な》れて、奮闘の刺戟《しげき》を失つた結果とも見られる。といふものは、父が比較的立派な地位にゐた所為《せゐ》か、彼には世間体《せけんてい》の好い許《ばかり》でなく、実際為《ため》になる親類があつて、幾何《いくら》でも出世の世話をして遣《や》らうといふのに、彼は何だ蚊《か》だと手前勝手許並べて、今以て愚図〳〵してゐるのを見ても分る。

須永の家は「母子《おやこ》共衣食の上に不安の憂《うれひ》を知らない好い身分」で、須永は帝国大学法科で「法律を修めながら役人にも会社員にもなる気のない」、彼の叔父にあたる松本が言うところの「高等遊民」なのである。須永には「為《ため》になる親類」もいて、「出世の世話をして遣《や》」ると言われているのに、「今以て愚図〳〵」しつづけているのだ。

同じ帝国大学卒業生であっても、須永と敬太郎の間には決定的な格差が存在している。その格差は須永の「父」の職業によって決定づけられていた。「父」は「軍人」であり、しかも「主計官」だったのだ。「主計官」とは旧日本陸軍の経理部、あるいは海軍の主計科で、会計や経理の仕事をしていた武官のことである。「父は余程前に死んだ」とあるが、後の「須永の話」で明らかになるように、彼の父が亡くなったのは日清戦争の後である。ここに須永家の財産形成の歴史的前提がある。

日清戦争とその戦後の四年間、大日本帝国の財政支出における軍事費の割合はそれまで二割以下だったのが、一気に三割を突破し、政策運営自体が軍事大国ロシアとの戦争を準備するための軍事優先に大きく転換された。こうした軍事費増大が抵抗なく受け入れられたのは、日清戦争で獲得した多額の戦争賠償金があり、大日本帝国臣民への増税等の負担が無かったからである。須永の亡き父は、陸軍であったか海軍であったかは明らかにされないが、この巨額の軍事費をどのように使うかを差配する「主計官」であったのだ。

戦艦をはじめとする主要正面装備の調達と輸入を中心に、陸軍工廠《こうしょう》や海軍工廠への莫大な資金投入などを、「主計官」たちは仕切っていたのであり、当然その利権をめぐって多くの民間の企業関係者たちがつながりをもとうとしたはずだ。最も確実なつながりの一つは、自分の血縁者である女性、すなわち姉か妹を「主計官」の妻として嫁に出すことにほかならない。須永の母を須永の父のもとへ嫁がせたのが、叔父松本の父であったはず。さらに須永の父のところに出入りしていた実業家としての田口の家にも娘を嫁がせた結果、松本家の跡取である須永にとっての「松本の叔父」は「高等遊民」として働かずに生活ができているのであり、須永もまたその模倣をしようとしているかに見える。

「短篇が相合《あいがつ》して一長篇を構成するように仕組」まれた『彼岸過迄』は、就職口を世話してもらいたい敬太郎が、須永を通じて田口家や松本家に出入りするようになり、次第にこの三つの家の関係性について認識し、田口家の長女千代子と須永との恋愛関係についても真相を知るようになる方向で進んでいく。見事に探偵小説の手法が方法化されている。

そして敬太郎を聴き手としてそれぞれ一人称で語られる「須永の話」と「松本の話」から、須永市蔵が母と血のつながっていない、父が女中に生ませた子であることが松本から明らかにされたことがわかる。自分と血のつながっている田口千代子との結婚を勧める母の態度を、受け入れられないまま市蔵は悩みつづけることになる。

日清戦争後の軍事予算利権に群がった人々が、『彼岸過迄』の親の世代であるとすれば、作中人物としての子の世代は親たちに対して、どのような態度を選んだのか。

「須永の話」と「松本の話」という、敬太郎を聴き手とした一人称語りで読者に示される物語の中心は、「主計官」であった須永の父が女中に生ませた子が市蔵であり、その生い立ちを知って悩み、千代子との結婚を勧める母の真意を理解できず、千代子に対しても素直になれない市蔵の心理の内的葛藤《かっとう》にある。一人の人間の心の葛藤の主要な原因は、国家の政策によってもたらされているのだ。

市蔵が帝国大学を卒業しても就職しないまま生活ができるのは、父の残した財産を長男として相続できるからである。しかし、血のつながっていない継母からすれば、市蔵による相続は不当であり、だからこそ血のつながっている千代子との結婚をさせることで、自らの老後の安定を血縁の論理で支えようとしているということになる。

「須永の話」において須永は、洋行帰りの高木という男と千代子との関係を嫉妬《しっと》したことについて、千代子から「貴方は卑怯《ひきょう》だ」と批判されたと敬太郎に告白する。この告白が行われるのは、千代子が二人に「雨の降る日」の話をした日から一週間後の日曜日だ。

「雨の降る日」の話は、松本がなぜ雨の降る日に人との面会をしないのかという敬太郎の問いかけに、千代子が当初は笑いながらその理由を語り始めるという設定である。

松本が「紹介状を持つて会ひに来る男」と面会をしている間、その日松本家を訪れていた千代子が、松本の末娘宵子《よいこ》の夕食の世話をしていた。すると突然宵子は変調をきたして死んでしまうのであった。笑い話から始まった千代子の話は、彼女の最も辛い体験を何度目かに語る実践であったのだ。千代子の一人称の語りを三人称化して書き直した「雨の降る日」は、もし一人称語りを再現したら大変なことになる状況設定なのである。この章は松本家での会話場面で突然終っている。

「叔母さん又奮発して、宵子《よいこ》さんと瓜二つの様な子を拵《こしら》えて頂戴《ちやうだい》。可愛がつて上げるから」

「宵子と同じ子ぢや不可《いけ》ないでせう、宵子でなくつちや。御茶碗《ちやわん》や帽子と違つて代りが出来たつて、亡くしたのを忘れる訳にや行かないんだから」

「己は雨の降る日に紹介状を持つて会ひに来る男が厭《いや》になつた」

最初の科白《せりふ》は叔母《おば》をなぐさめようとした千代子のもの。善意とは言え、「瓜二つの様な子」という言葉に対して、宵子がかけがえのない存在であるということを、母親である叔母がたしなめたのだ。子を持つ母親の思いと、子を持ったことのない千代子との、子の生命に対する感じ方の違いがくっきりと刻まれている。最後の松本の言葉が、何故松本は「雨の降る日」に面会客に会わないのかという敬太郎の質問に対する答え、すなわこの話の落《おち》になっていることは言うまでもない。

もちろん高等遊民である松本のところに面会者が来るのは、須永の父が軍の主計官だったころからの、軍事利権人脈をたどってのことである。須永の父と母との間に生まれた須永の妹は、子どもの頃に死んでいる。血のつながった娘を失った母の悲しみが、この千代子の言葉から須永に突きつけられたことは明らかである。

人の命を奪う戦争のための国家の軍事予算の利権につながって来た男たちの世界が、たった一人の幼い少女の死によって、痛烈に相対化されてしまう場面でもある。短篇と短篇の間に、書かれざる「軍国主義」批判が、家族の人間関係における愛情の問題として仕掛けられているのである。

結婚における「人格」と「愛」

『行人《こうじん》』は、「友達」「兄」「帰ってから」の三篇が一九一二（大正元）年の十二月六日から翌年四月七日にかけて、「帰ってから」の三十八回まで連載されるが、作者漱石の胃潰瘍《いかいよう》の再発で中断される。そのときの新聞紙上の〈お断り〉には、「本日を以て打切となし他日単行本として刊行のみぎりこれを完成せしむる事となしたり」とあった。つまり、作者漱石自身の心づもりとしても、この時点の感触としてはもうすぐ終るはずであったのだ。

しかし一九一三（大正二）年九月十六日から再開された「塵労《じんろう》」の連載は、十一月十七日まで五十二回にわたってつづくことになる。五ヶ月間の休載の間に、当初の見込みとは異った小説の展開になっていったのである。

梅田《うめだ》の停車場《ステーション》を下りるや否や自分は母からいい付けられた通り、すぐ俥《くるま》を雇つて岡田の家に馳《か》けさせた。岡田は母方の遠縁《とおえん》に当る男であった。自分は彼が果して母の何に当るかお知らずに唯疎《うと》い親類とばかり覚えていた。

大阪の梅田駅で語り手が列車を降りるところから始まるあたり、しっかり「朝日新聞」の大阪読者への配慮を示した交通小説であることを明示している。重要なことは、この語り手が「母から」の「いい付け」で行動していることだ。しかも「母方の遠縁に当る男」をわざわざ大阪に訪ねていったのである。

題名として選ばれた「行人」という言葉は、道を行く人、旅人、あるいは使者という意味を担う言葉であり、*杜甫《とほ》の「兵車行《へいしゃこう》」では出征兵士の意味で使われていた。

語り手はその名から次男であることが明示される長野二郎。兄の一郎が帝国大学の教師として、かつて官僚であった父の家を継いでいる。

自分が産んだ長男が家督を継いだ時点で、長野家の外から嫁に入った母親が、夫から長野家の実権を自らの手中に収めたのである。だからこそ次男の二郎は母親の命令によって、「母方」の「遠縁に当る男」である「岡田」のもとを「行人」＝使者として訪れようとしているのである。

それは長野家で働いているお貞さんと、岡田の知人の佐野との結婚の話を進めるため、母の代理

*杜甫「兵車行」　杜甫は中国唐時代の詩人で、李白と並び中国文学史上最高の「詩聖」と称されている。漢詩「兵車行」は、出征兵士とその家族の苦悩や悲嘆を歌った反戦詩と評されている。

人＝「行人」として二郎が佐野と面会する、という役割を担う旅であった。長野家の成員は「母」の差配で結婚が決められていくのである。

「母」の「遠縁」である岡田の妻のお兼《かね》さんは、「父が勤めていたある官省の属官の娘」で、「頼まれものの仕立物などを持つて出入をしていた」女性で、長野家で「書生同様にしていた」岡田と知り合い、「高商《こうしょう》を卒業し」た岡田が、「大阪のある保険会社」に就職する際、結婚が決まったのである。この場合父の家長としての役割と官僚としての人脈の力が働いていた。

長野家の父の、明治政府の高級官僚としての地位を利用して、「母方」の「遠縁」だった岡田が「書生同様」の役割で住み込んでいたのである。長野の家の父の息子である一郎と二郎は帝国大学へ、岡田は「高商《こうしょう》」（高等商業学校）という長野家内部における学校格差は、そのまま家の内部における父を中心とした明治家父長的家制度の地縁血縁的権力関係の表われでもある。

しかし長男一郎が家督を相続した後は、岡田が家を出てお兼と大阪で所帯を持ち、お貞も大阪の佐野に嫁すという形で、大家族としての長野家は分解していく過程にある。一郎と直《なお》夫婦には娘の芳江しかいない。男子が産まれない以上、家の中の実権は母の手中に在りつづけるのである。

『行人』という小説は、直と見合いで結婚した一郎が、結婚前から直と知り合いであった弟の二郎に対して、結婚をした後になって、同居している家の中で嫉妬《しっと》をするようになり、結果として二郎が家を出ていかざるをえなくなる、というのが中断前の「帰ってから」までのストーリーである。

中断前の『行人』という小説は、高級官僚であった父の代から一郎の代へ家長が代がわりをして、使用人などを多くかかえていた大家族から人々が離散し、もし両親が亡くなれば、一郎と直と芳江三人の核家族になるという物語の枠組であった。

しかし「塵労《じんろう》」に入って、一郎が友人のHさんと旅行をし、Hさんから二郎宛の手紙が小説の末尾まで続く中、物語の枠組は変わってくる。一郎は「人間全体」の「運命」を自分は考えつづけているとHさんに告白し、その思想的煩悶《はんもん》の要として、直に対して暴力を揮《ふる》ったことを告白する。

「一度打つても落付いている。二度打つても落付いている。三度目には抵抗するだろうと思つたが、やつぱり逆らわない。僕が打てば打つほど向《むこう》はレデーらしくなる。そのために僕は益《ます》無《ます》頼漢《らいかん》扱いにされなくては済まなくなる。僕は自分の人格の堕落を証明するため、怒《いかり》を小羊《こひつじ》の上に洩《も》らすと同じ事だ。…」

江戸幕藩制社会における家制度においてはもとより、明治家父長制社会における家の論理においても、夫は妻に対して絶対的な権力を持っており、妻が夫の意向に服従することは当然であり、家庭内において夫が妻に対して暴力を振うことは自明なことでさえあった。

しかし『行人』の一郎は、妻の直に暴力を振うことは、自らの「人格」が問われてしまうことになると言うのだ。自分が直を「打つ」度毎に、彼女の方が「レデーらしくなり」、自分は「無頼漢」に転落していくとHさんに打ち明けている。ここに家父長的家制度の中における「夫」と「妻」という位置が、「レデー」かジェントルマンかという、「人格」問題に転換されているのである。対等な「人格」と「人格」の関係性としての夫婦関係に、一郎は気づかされてしまったのである。

近代に入って以後の明治後期の日本において、写真の交換をしたうえでの見合い結婚という、少くとも外見だけはお互いに認知した形での婚姻への合意の在り方において、「人格」を認識することなど到底不可能である。一郎の問いかけは、この小説の中の全ての結婚に疑問を投げかける。

長野家にいた岡田と出入りをしていたお兼さんとは、周囲には知られていないにしても、お互いの「人格」を認識して結婚することができていたのかもしれない。その意味で、二人が長野家にいるときから知っていたはずのお貞さんについても、写真だけではなく「人格」についても佐野に伝えることができたはずである。同じように「行人」としての二郎には佐野の「人格」を事前に認識することが要求されていたにもかかわらず、彼がその役割を果していなかったことが見えてくる。

結果として当初の地の文の書き手であった二郎が、その役割をHさんに譲らざるをえなかったのは、結婚における夫と妻の「人格」的関係を問題にしてしまったがために、そこに「愛」が不可欠になることを認識することが、二郎の設定では難しかったからである。

『こゝろ』における「時勢」と「個人」

『文学論』の理論的中心となる「時勢」という概念が、小説の最も要になる所で出現するのが『こゝろ』である。『こゝろ』という総題の下で、複数の短篇の結合がなされるはずであったが、新聞連載は「先生の遺書」だけで百十回となり、岩波書店から単行本として出版される際に「上　先生と私」、「中　両親と私」、「下　先生と遺書」という三つの短篇の結合として再編集されたのである。章題に「私」という一人称が記されているのだから、作中人物であり長い手記の書き手であり、自らの手記の中に先生の遺書を引用した（「下　先生と遺書」の各章の冒頭には引用符が付けられている）のは「私」であり、目次までが虚構の世界に属している小説なのだ。

　この小説の新聞連載から単行本にいたる過程を考えてみると、「先生の遺書」という百十回の新聞連載手記を執筆した「私」が、上・中・下という三部構成の単行本に編集したというところまでが虚構《フィクション》の領域に繰り込まれることになる。漱石が統括しているのは『こゝろ』と題された外側だけなのだ（そのことを自覚してか、漱石は自分で単行本の装丁をしている。このあたりが序章の『こゝろ』論争で問題になった要の一つ。新聞連載小説と単行本では微妙に異なる小説が『こゝろ』なのである）。新聞というメディア自体が、小説的虚構の機軸として位置づけられているのである。

「時勢」という一言が出現するのは、明治天皇の「御大葬《ごたいそう》の夜」に＊乃木希典《のぎまれすけ》の「殉死《じゅんし》」を号外で知り、彼の遺書を新聞で読み、「それから二、三日して」「自殺をする決心をした」先生の遺書の最後の叙述においてである。

＊乃木希典の殉死　乃木希典は、日露戦争当時の旅順攻略司令官として知られる陸軍大将。明治天皇の崩御（死亡）に伴う御大葬（葬儀）が執り行われた大正元（１９１２）年9月13日当日、夫人とともに殉死（自殺）した。都下で発行されていた全ての新聞が紙面を埋めて報道した。

私に乃木さんの死んだ理由が能《よ》く解らないやうに、貴方《あなた》にも私の自殺する訳が明らかに呑み込めないかも知れませんが、もしさうだとすると、それは時勢の推移から来る人間の相違だから仕方がありません。あるいは箇人の有《も》つて生れた性格の相違といつた方が確《たし》かも知れません。（下、五十六、傍点引用者）

「私」と「乃木さん」と「貴方」とは、それぞれ世代を異にする。だから生まれてから現在にいたるまで、意識していた「時代の思潮（Zeitgeist）」を異にしているので、だから「先生」と「乃木」の自殺の訳は「貴方」には、決して理解できないであろうと、「先生」は断言している。同時に、同じ「相違」は「箇人の有《も》つて生れた性格の相違」でもあるのだ。この両者は論理としては根本的に矛盾する。「箇人の有つて生れた性格の相違」であれば「時勢の推移」など関係ないはずだからだ。

しかし、この矛盾する論理を両方とも同時に「私」に突きつけたところに、自分の遺書の読み方に対する「先生」の「私」（「貴方」）への方向付けがなされているのである。「貴方」は作中人物の「私」を指示するが、読者にも働きかける二人称だ。

「先生の遺書」における謎は、「先生」の「自殺」の理由と同時に、「先生」の友人である「K」の「死んだ理由」、すなわち「K」の「自殺する訳」である。「先生」は「Kの死因を繰り返し繰り返し考え」て来たのである。「先生」は当初「失恋のために死んだ」と思っていた。しかし問い直しを繰り返す中で、「しまいにKが私のやうにたつた一人で淋しくつて仕方がなくなつた結果、急に所決したのではなからうかと疑ひ出し」ていくのである。「K」が「自殺」することになるのは、「奥さん」と「お嬢さん」が暮している家に「先生」と一緒に、下宿したからだ。
「K」が学費のために働かねばならず、かなり追いつめられていたから、「先生」は「K」の下宿代を彼には内緒で肩代わりすることにしたのである。その経済的条件がどのように成立したかを、「先生」は「私」という青年に、次のように打ち明けている。

私の旧友は私の言葉通りに取計らつて呉れました。尤もそれは私が東京へ着いてから余程経つた後の事です。田舎で畠地などを売らうとしたつて容易には売れませんし、いざとなると足元を見て踏み倒される恐れがあるので、私の受け取つた金額は、時価に比べると余程少ないものでした。自白すると、私の財産は自分が懐《ふところ》にして家を出た若干の公債と、後から此友人に送つて貰つた金丈なのです。親の遺産としては固より非常に減つてゐたに相違ありません。しかも私が積極的に減らしたのではないから、猶《なほ》心持が悪かつたのです。けれども学生として生活するにはそれで充分でした。実をいふと私はそれから出る利子の半分も使へませんでした。此余裕ある私の学生々活が私を思ひも寄らない境遇に陥し入れたのです（傍点引用者）。

「先生」は叔父にだまされたという父の財産の残りを相続し、不動産としての土地を「友人」に頼んでお金に変えて、それを銀行に入れて、「利子の半分」で生活できる金融資本主義に寄生する利子生活者になったのである。一人で生活する場合、残りの「利子の半分」は積算されていくから元金は増えて行く。したがって元金を切り崩すことなく、もう一人が生きていけることにもなる。

そのもう一人に、「先生」は「K」を選んだのであった。

「先生」の財産の話には、一八六七年以降の明治という新しい時代の激動、すなわち「社会進化の一時期のF」が連続的に刻まれている。一八七二（明治五）年二月十五日の太政官布告五十号で、一六四三（寛永二〇）年以来の田畑永代売買禁を解除したのである（地所永代売買解禁）。地券が発行され、農民の土地私有権が法的に認められていった。同年七月に発行された*壬申地券で、一般の土地も売買できるようになった。この年の十一月二十八日に「徴兵の詔《みことのり》」が出され、翌年一月十日に「徴兵令」が太政官布告として出されたことをここで思い出しておこう。

「先生」は土地を売った金を「受け取」る前、東京に出るとき「若干の公債」を「懐にして家を出た」と打ち明けている。時代的に「公債」とは、日清戦争の際の臨時軍事費特別会計を通じ発行された「国債」のことである。『彼岸過迄』の須永の父親が差配していた金にほかならない。

「先生」が安定した「利子」生活者になりえたのは、第二次松方正義内閣において、大日本帝国がヨーロッパ諸国やアメリカと同じように*金本位制を確立したからにほかならない。それが可能になったのは、当時の年間国家予算の倍以上となる、日清戦争によって清国から獲得した軍事賠償金があったからだ。大日本帝国臣民は戦争が国家としての莫大な金儲《もう》けになることを経験したのである。松方内閣は一気に軍備拡張を進めながら、八幡製鉄所の創設や電信電話の改良など殖産興業に力を入れていった。こうした中で植民地台湾の支配体制を強め（『それから』の「日糖事件」の前提）、官僚機構を整備し帝国大学出身の専門官僚の台頭する時代に入っていった。

だから「先生」は世代を異にする「私」という青年に、自分が奥さんに信用されたことについて、「その頃の大学生は今と違つて、大分世間に信用のあつたものです」と説明していた。明治天皇の死によって、「私」が東京帝国大学を卒業したのは一九一二（明治四五）年だということが明確になるが、このとき帝国大学は、京都、東北、九州に創設されており、それまで唯一の帝国大学だったところは、東京帝国大学として相対化されていた。二番目の京都帝国大学（『門』の宗助と安井が通っていた）が創設されたのが、金本位制に入ったのと同じ一八九七（明治三〇）年である。この日清戦争の戦後状況と『こゝろ』という小説の設定は密接に結びついているのだ。「先生」が引越した先は「軍人の遺族の家《うち》」、「ある軍人の家族、というよりむしろ遺族、の住んでゐる家」だった。かつての「主人」であった「軍人」は「日清戦争の時」に「死」に、その後「厩《うまや》などが」ある「市ヶ谷の士官学校の傍」にあった「邸《やしき》」を、「広過ぎるので、其所《そこ》を売り払つて」「小石川」に「引つ越して来た」のだ。

女性である「未亡人」による不動産売買が可能だったのは、明治民法が施行される一八九八（明治三一）年七月十六日の前だったからだ。明治民法には長男子本位の家督相続と、既婚女性に対す

＊壬申地券　地券とは、土地の所有権を示すために明治政府が発行した証券のこと。1872（明治5）年の田畑永代売買禁止令の廃止に伴い、東京だけでなく郡市の所有地に対しても交付されることになったのが壬申地券である。その後、1873（明治6）年の地租改正条例によって、全国共通の改正地券となった。

＊金本位制　金本位制とは、一国の貨幣価値を金に裏付けられた形で金額を表すものであり、商品の価格も金の価値を標準として表示される。日本では、それまで実質的には銀本位制だったが、日清戦争後に清から得た賠償金を準備金として1897（明治30）年公布の貨幣法によって金本位制に移行した。

る法的無能力者規定、財産相続における妻の権利の制限が入っていた。

『こゝろ』という小説における「先生」と「K」の関わり方の変化の前提は、すべて日清戦争後の、つまり大日本帝国が帝国主義戦争（植民地の再分割戦争）を推進する、列強の一画に無理矢理（一方で「三国干渉」を受けている）参入しようとする、日清戦後経営の方針を明確にした一八九六（明治二九）年から一八九七（明治三〇）年の間に生起した国家的出来事であったことが明確になる。ここに『こゝろ』という小説の主要作中人物の「個人的一世の一時期に於けるＦ」があり、欧米列強の帝国主義戦争に大日本帝国が参入するという、現在の私たち読者から考えると第二次世界大戦の終結までの、「社会進化の一時期に於けるＦ」が重ねられていることがわかる。

つまり、『こゝろ』という全百十章の小説の、「先生の遺書」として新聞連載された十三章から六十四章（単行本では下・九〜十）にかけての一文一文を読む読者の「一刻の意識に於けるＦ」として、作中人物の「個人的一世の一時期に於けるＦ」と、大日本帝国が欧米列強の帝国主義戦争に参入していく大軍事力強化政策を実施するという「社会進化の一時期に於けるＦ」が結合されているのだ。この日清戦後経営の軍備拡大資金と直結していたのが『彼岸過迄』の須永の父であり、それに群がったのが松本家の人々で、『行人』の一郎は帝国大学が増設される中で、国家官僚であった父とは異なった大学教師の道を選ぶことができた。しかし、権力とも金力とも縁がなかったために、大家族から核家族へと長野家は離散していくのである。

『こゝろ』の「奥さん」は職業軍人である夫の死後、「市ヶ谷の士官学校の傍」の「厩《うまや》」付きの大邸宅を売り払い、「小石川」というはるかに地代の安い郊外に小さな家を買い、その差額を貯金した利子と軍人遺族恩給で生活を送ろうとしていた。しかし、それだけでは足りないから下宿人を入れて、その下宿代をも生活費の足しにしようとしたことがうかがわれる。

「奥さん」が想定していたのは「俸給が豊《ゆたか》でなくつて、已《やむ》を得ず素人屋に下宿する位の人」であった。そこに「利子の半分」も使わずに生活できる、同時代としては出世頭の帝国大学生である「先生」が入り込んだのであるから、これほど娘と二人暮しの「未亡人」にとって好都合なことはない。この利害関係についての疑惑が「先生」を「奥さん」に対してかたくなにしてしまったのである。

もう一つ忘れてはならないのは、学歴エリートとなるための競争社会で、ずっと「K」に負けつづけて来た「先生」は、「K」の下宿代を彼に内緒で出してやることで、初めて優位に立つことができたという事実である。

「K」と「先生」は「同郷」で、「中学にいる時」に真宗寺の次男であった「K」は医者の養子となり、高等学校に入り「東京へ出て」「先生」と「同じ下宿」に入ったのだ。地元の中学を上位の成績で卒業し、東京の第一高等学校に進学した学歴エリートが「K」と「先生」であった。「同じ級にいる間は、中学校でも高等学校でも、Kの方が常に上席を占めていました。私には平生から何をしてもKに及ばないという自覚があつた位です。けれども私が強いて私の宅へ引張つて来た時には、私の方が能く事理《じり》を弁《わきま》えてゐると信じてゐました」（下・二十四）。

「先生」は学歴競争社会の全過程において、「勉強」や「頭の質」といった、学校の成績の席順競争で、常に「K」に負けつづけていた。「K」が医者の家の養子になったことも「教場で先生が名簿を呼ぶ時に、Kの姓が急に変つてゐたので驚いたのを今でも記憶してゐます」（下・十九）と回想しているが、当時の中学の席順は成績順の場合が殆どで、「K」の成績順位を自分との比較で数えて知っていたから、「Kの姓が急に変つてゐた」ことにすぐさま気づいたとも考えることができる。

「利子の半分」で、「先生」は初めて「K」に対して、「勉強」や「頭の質」ではなく、金の力で優位に立ったのである。その結果「K」の「自殺」を招き寄せてしまったという悔恨《かいこん》が「先生の遺書」の書かれて行く方向性を決めているのかもしれない。日清戦争に勝利したあとの、複数の意味における大日本帝国の国家の政策として顕現して来たこと全体を「明治の精神」というなら、それに対する死をもっての批判と自己批判を「先生」が実践したとも考えることができる。

『草合』

『四篇』

『明暗』

『道草』

五章 「自己本位」の文学

第一次世界大戦への参戦と「私の個人主義」

漱石夏目金之助が『こゝろ／「先生の遺書」』を、「朝日新聞」に連載していたただ中の一九一四年六月二十八日、サラエヴォでオーストリア皇太子フランツ・フェルディナンド公夫妻が暗殺された。実行したのは大セルビア主義秘密結社の一員であったガヴリロ・プリンチプという青年。責任を回避するセルビア政府に対して、オーストリア＝ハンガリー帝国政府は七月二十三日に最後通牒《つうちょう》を出し、二十八日に宣戦布告した。

ロシアはセルビアを、ドイツはオーストリアを支持して参戦、イギリスとフランスはロシアと三国協商を結んでいたので、ドイツに対抗して参戦をした。*第一次世界大戦の勃発である。『こゝろ』の連載が終ったのは八月一日。この日ドイツがロシアに宣戦布告をした。

大日本帝国は、一九〇二（明治三五）年に大英帝国、すなわちイギリスと*日英同盟を結んでいたために、八月二十三日にドイツに宣戦布告し、二十八日に参戦した。第一次世界大戦に大日本帝国が参戦していく緊迫した状況の中で、漱石夏目金之助は、『こゝろ』の「先生」に「明治の精神に殉死するつもりだ」と言わせていたのである。「先生」が「利子の半分」で生活することが可能になった、日清戦争の莫大な戦争賠償金によって、大日本帝国が金本位制を取り、大軍備増強をする中で大英帝国と日英同盟を結び、日露戦争に突入し、かろうじての勝利の後、帝国主義戦争としての第一次世界大戦にまで参戦することになったのである。

大日本帝国が第一次世界大戦に参戦した三ヶ月後の十一月二十五日、漱石夏目金之助は「私の個人主義」という講演を学習院輔仁会《ほじんかい》において行うことになる。一九一四年は大正三年、つまり改元して三年目であった。『こゝろ』は先帝明治天皇の死そのものを、「私」と「先生」とが関わる小説の時間軸にしていた。明治天皇に殉死した乃木希典《のぎまれすけ》は、旅順攻略の後に学習院院長となっていた。その乃木を小説に登場させた夏目漱石によって、学習院関係者、すなわち大正天皇の「御学友」も含めての聴衆を相手に行われたのが「私の個人主義」なのである。

漱石自身「私の個人主義」の中で自らの講演を「第一編」と「第二編」とに分け、二部立てで話を進めている。「第一編」はロンドンに留学していたときに「自己本位」という立場を獲得したことについて、「第二編」は「権力」や「国家」による支配に対して、「自己本位」を基にした「個人」の「自由」をどのようにして保持しうるのかについて漱石は論じている。

「第一編」では、大学で「英文学」を「三年専攻」したが、「英文学」はもとより、「文学とは何《ど》

＊第一次世界大戦　１９１４年７月28日から１９１８年11月11日の４年３ヶ月続いた、人類最初の世界戦争。産業・経済、動員態勢など国家の総力戦となり、飛行機、潜水艦、毒ガスなど新しい武器を出現させ、戦闘員だけでなく一般市民をまきこみ、広範な犠牲を出した。
＊日英同盟　１９０２年、イギリスと日本が締結した二国間同盟。ロシアの膨張に備え、中国・韓国における権益を相互に認め合うことを共同の目的とした。日本にとっては初の軍事同盟であり、アジアでの優位を獲得する狙いがあった。

ういふものだか」何もわからないままに卒業してしまった、と漱石は学生時代を振り返る。卒業後「松山」で中学校の教師となり、「熊本へ引越《ひつこし》」て高等学校の教師にもなったが、「文学は解《わか》らずじまい」であったと漱石は述懐する。そしてロンドンに「留学」したものの、「いくら書物を読んでも」「何の為に書物を読むのか自分でも其意味が解らなくなつて」しまったと言う。

この過去の想い起こし方は八年前の一九〇六（明治三九）年の、やはり十一月に書いた『文学論』の「序」と重なっている。「私の個人主義」と題した講演を行いながら、漱石は『文学論』の記憶をも、しっかりと思い出していたはずである。一九一四年十一月二十五日の講演の言葉を語る「一刻の意識に於けるF」は、漱石夏目金之助の「個人的一世の一時期に於けるF」としてのロンドン留学体験を呼び込んでくるのである。

「留学」時に気づいたのは、自分が「今まではまつたく他人本位」であったということ。「他人本位」とは「人真似《ひとまね》」、すなわち「西洋人のいうこと」に「盲従」し、「西洋人の作物を評したのを」「その評の当否は丸で考へずに」「鵜呑《うのみ》」にすることにほかならない。

たとへば西洋人が是は立派な詩だとか、口調が大変好いとか云つても、それは其西洋人の見る所で、私の参考にならん事はないにしても、私にさう思へなければ、到底受売《うけうり》をすべき筈《はず》のものではないのです。私が独立した一個の日本人であつて、決して英国人の奴婢《ぬひ》でない以上はこれ位の見識は国民の一員として具《そな》へてゐなければならない上に、世界に共通な正直といふ徳義を重んずる点から見ても、私は私の意見を曲げてはならないのです。

ここで第一の対立軸は、「西洋人」に対する東洋人としての「私」、第二の軸は「英国人」に対する「日本人」である。しかしそうした東西文明対立や、国家レベルの文化ナショナリズムの側に漱石は立つのではない。その「上に」（傍点引用者）「世界に共通な正直」というインターナショナルな基準線から、他の誰でもない漱石夏目金之助の「私の意見」を「曲げてはならない」のである。「自己本位」とは他でもない、「私の意見」を確信して主張することなのだ。そのために「個人の自由」が不可欠なのは言うまでもない。「軍国主義」と対決する「個人の自由」こそ、「自己本位」を実現する前提なのである。

「私の個人主義」の「第二編」において、漱石は講演会の聴衆としての学習院関係者に、直接喧《けん》嘩《か》を売ることになる。「学習院といふ学校は社会的地位の好い人が這入《はひ》る学校」なのだから、「上流社会の子弟」である「貴方がたに附随してくるもの」は、「第一番」に「権力」であり、それに「次ぐもの」としての「金力」だ、と述べる。そのうえで、「権力」が「自分の個性を他人の頭の上に無理矢理に圧《お》し付ける道具」であり、「金力」は自分の「個性を拡張するために、他人の上に誘惑の道具として使用し得る至極重宝なも」のだと看破する。「貧乏人」よりはるかに大きな「権力」と「金力」を持っている「学習院」関係者に対して、漱石夏目金之助はこう宣告している。

　第一に自己の個性の発展を仕遂《しと》げやうと思ふならば、同時に他人の個性も尊重しなければならないといふ事《こと》。第二に自己の所有してゐる権力を使用しやうと思ふならば、それに附随している義務といふものを心得なければならないといふ事。第三に自己の金力を示《しめ》さうと願ふなら、それに伴ふ責任を重じなければならないといふ事。つまり此三ヶ条に帰着するのであります。

「権力」と「金力」を専有する者たちが、「此三ヶ条」を国家的レヴェルでかなぐり捨てたとき戦争に突入する。国家権力が「貧乏人」に対し、「此三ヶ条」を執行停止することが「強制徴兵」制にほかならない。一年と一ヶ月後の『点頭録《てんとうろく》』で、漱石夏目金之助が提示することになる「軍国主義」と「個人の自由」という非対称な対立関係は、「私の個人主義」から導き出される理論的な帰結であったと、私は確信している。

「自己本位」であることは、「個人の自由」が保証されて初めて実現できるのだ。「個人の自由」が国家権力の行う「強制徴兵」制によって奪われてしまった状況の中で、「自己本位」を実現することは不可能である。大日本帝国が日英同盟に基づいて第一次世界大戦に参戦し、アジアにおけるドイツの軍事拠点を制圧した状況の中で、そうした国家の意思決定にかかわったであろう華族《かぞく》の子弟の通う学習院において、漱石夏目金之助は「私の個人主義」を語ったことを忘れてはならない。

一八八四（明治一七）年の華族就学規則によって、華族の男子の子弟には、学習院への入学が義務づけられた。明治の華族制度は当初公家百三十六家と旧大名二百四十八家であったが、一八八四（明治一七）年の華族令の制定と共に、いわゆる「維新の功労者」、すなわち薩長藩閥政権の政治家や軍人が勲功華族になっていった。華族は大日本帝国における「権力」そのものであった。

さらに、一八八九（明治二二）年に制定された大日本帝国憲法に基づいて、華族の男子は帝国議会の、貴族院議員にもなる。公・侯爵は世襲、伯・子・男は任期七年で互選された。これに加えて貴族院には多額納税議員がいた。まさに「権力」と「金力」が結びついていたのである。

「私の個人主義」における、漱石夏目金之助による「権力」と「金力」批判は、大日本帝国という国家システムの形成を、明治という時代全体を通して批判していることになるのである。

『道草』における記憶の甦《よみがえ》り方

漱石夏目金之助唯一の自伝的小説が『道草』（一九一五・六・三〜九・一四）である。冒頭は次のように書き始められている。

健三が遠い所から帰つて来て駒込の奥に世帯を持つたのは東京を出てから何年目になるだらう。

長篇小説、しかも作者にとって自伝的な小説の地の文が、いきなり疑問文で始まることは、世界文学の中においても、とても稀有であるはずだ。新聞連載小説である『道草』の読者は、結果としてこの連載第一日目の疑問文に、自ら応答しながらこの後を読み進めていくという位置に置かれることになる。

問題にされているのは、主人の公健三が「駒込の奥に世帯を持つた」時期についてである。まず「遠い所」がどこだかわからない。その不明な「遠い所」へ行く前に、健三は「東京を出て」いたようなのである。もちろん「駒込」は「東京」という都市の中の一地域〈現在はJR山手線駒込駅を中心とした豊島区東部〈駒込〉から文京区北部〈本駒込〉にまたがる地域〉。ここに「世帯を持つ」前にも健三は「東京」に住んでいたらしい。だからこそ、読者に対して「東京を出てから何年目になる」のかという問いが疑問形のままに投げ出されている。順序立てて見ると、健三は東京で生れ育ち、やがて東京を出て、さらに「遠い所」に往き、「帰つて」から、「駒込の奥に世帯を持つた」ということになる。

疑問形で始まる新聞連載小説『道草』の冒頭第一文は、それだけで謎の集積であり、その謎を解くために、読者は小説を読み続けていくと、「遠い所」がどこであるかがようやくわかるのは、全百二章の長篇小説の真中を少し過ぎた五十三章の冒頭においてである。

突然姿を現した養父島田から復縁を迫られた健三は、そのことは断りながらも、家への出入りは許容し、小遣いを渡すようになる。家計は妻の御住《おすみ》が仕切っているので、空になった財布を茶の間に投げ出しておくと、やがて何がしかの金が補充されているという慣行だったのである。五十二章の末尾で、「自分の紙入」から「手に触れる丈の紙幣を攫《つか》み出して島田の前に置」き、「ありつたけ悉皆《みんな》上げた」と述べて、わざわざ「健三は紙入の中を開けて島田に見せた」のである。しかも「細君には金を遣《や》つた事」について、健三は「一口もいわなかつた」のだ。

翌日例刻に帰つた健三は、机の前に坐《すわ》つて、大事らしく何時もの所に置かれた昨日《きのう》の紙入に眼を付けた。革で拵《こし》らへた大型の此二つ折は彼の持物として寧《むし》ろ立派過ぎる位上等な品であつた。彼はそれを倫敦《ロンドン》の最も賑やかな町で買つたのである。

ここで初めて、健三がかつて滞在した「遠い所」が「倫敦《ロンドン》」だったことが判明する。それは「紙入」を「買つた」場所として健三に想起され、読者に明かされるのである。

もちろん、「紙入」を「買つた」のは「倫敦《ロンドン》」での新しい生活を始めるにあたっての初期段階である。だからこそ他と比べたら圧倒的に値段が高いはずの、「最も賑やかな町で買つ」てしまったのだ。その高い買物の失敗の体験が、この後の健三の「倫敦《ロンドン》」の生活を刺し貫いたのである。それが新聞連載小説の読者に示されるのが、第五十六章における、養父島田との次のようなやりとりにおいてなのだ。おそらく「紙入」にお金が入っていなかったのであろう。そのことを証明するために健三は、空の「紙入」そのものを島田に渡したのだと思われる場面。


「好《い》い紙入《かみいれ》ですね。へえゝ。外国のものは矢《や》つ張《ぱ》り何処《どこ》か違《ちが》ひますね」

島田は大きな二《ふた》つ折《をり》を手に取つて、左も感服したらしく、裏表《うらおもて》を打返《うちかへ》して眺《なが》めたりした。

「失礼ながら是で何《ど》の位します。彼方《あちら》では」

「確か十志《シリング》だつたと思ひます。日本の金にすると、まあ五円位なものでせう」

「五円？――五円は随分好《い》い価《ね》ですね。浅草の黒船町《くろふねちよう》に古くから私の知つてる袋物屋《ふくろものや》があるが、彼所《あすこ》ならもつとずつと安く拵《こしら》へて呉《く》れますよ。こんだ要《い》る時にや私が頼《たの》んで上げませう」

実に小説としてのたくらみに満ちた会話場面である。空の財布を渡された島田は、言葉の継穂《つぎほ》が無くなり、その頭の中はお金の事で一杯なわけで、財布そのものの値段を話題にしてしまう。たずねられた健三は、すぐロンドンで買った財布の値段を想い起こし「十志《シリング》だつた」と答えるが、島田にイギリスの通貨が理解できるはずはないと気づき、即座に「日本の金」に換算して「まあ五円位なもの」と付け加えたのである。

そのようにシリングを円に換算した瞬間、健三の意識においては、「倫敦《ロンドン》」でこの「紙入」を買い求めて以後の、留学生活の全過程において繰り返された、財布の中味と相談しながら、円からポンドへ、ポンドから円へ換算しつづけた日々の脳内実践の全過程が想起されたはずなのだ。

面倒な国際通貨間計算を毎日せざるをえなかったのは、健三を夏目金之助をモデルにした小説内人物として考えてみると良くわかる。金之助が文部省第一回官費留学生としてイギリス留学を命じられ、横浜を出航したのが一九〇〇（明治三三）年九月八日。その三年前に大日本帝国は、イギリスにおいて一八一六年に確立された金本位制に参入していた。

したがって、金本位制におけるポンドと円の格差は、大英帝国と大日本帝国の格差そのものとして金之助に毎日突き付けられていたのだ。一ポンドは十円。現在は十進法で百ペンスが一ポンドだが、当時は二十シリングが一ポンドであった。だから健三は即座に「十志《シリング》」が「五円」であると瞬時に島田に対して換算してみせたのだ。

そしてこれ以後、唯一の自伝的小説『道草』の後半は、「遠い所」すなわち大英帝国の首都「倫敦《ロンドン》」から帰国して以後の健三の逼迫《ひっぱく》した経済生活をめぐる記憶が、妻のお住の実家の父、かつて高級官僚として「フロックコートで勇ましく官邸の石門を出て行」っていた岳父の没落とも重なって想い起こされていくのである。

「駒込の奥に世帯を持つ」まで、どれだけの借金をし、その返済をどのような手段で行ったか、ということが書かれ、岳父のための借金の記憶も思い出されて来るのが、「紙入」を買った場所が「倫敦《ロンドン》」だと判明してからの『道草』の展開である。

養父の島田だけではなく、その元妻すなわち養母のお常までが健三の家を訪れるようになる。復縁を断った健三に対し、島田は戸籍を健三の実家に「送籍」する際の「書付」を、「百円」で買えと、その年の暮に要求してくる。その「書付」に書いてあったのは「私儀今般貴家御離縁に相成《あいなり》、実父より養育料差出候《そうろう》に就ては、今後《こんご》とも互に不実不人情に相成ざる様心掛度《たく》と存候」（『道草』百二）という文言であった。

この「書付」を取り戻すための「百円」を健三は「また洋筆《ペン》を執つて原稿紙に向」い、「予定の枚数を書きおえ」て、「書いたものを金に換え」て手に入れたのである。抽象的な言葉が使われているが、「原稿」を「書」いて「金に換え」る職業作家としての方向性を選び始めたことがわかる。

何故「また洋筆《ペン》を執つて」なのかと言えば、その直前まで健三は「赤い印気《インキ》で汚ない半紙をなすくる業《わざ》」をしていたからだ。謎掛けのような遠回しな言い方だが、要するに赤ペンで試験の採点をしていたということだ。ここ大学教師から小説家への転換が暗示されてもいる。戸主権という「権力」から「金力」によって「個人の自由」を獲得しようとした比喩としても読めなくはない。

東京帝国大学と第一高等学校の教師を辞めて、「朝日新聞」に専属の新聞小説家として入社する際、漱石夏目金之助は「入社の辞」（「東京朝日新聞」、一九〇七・五・三）を書いている。新聞小説家となる決意を表明した一節をもう一度確認して、本書を締めくくりたい。

> 新聞屋が商売ならば、大学屋も商売である。商売でなければ、教授や博士になりたがる必要はなからう。月俸を上げてもらふ必要はなからう。勅任官《ちよくにんかん》になる必要はなからう。新聞が商売である如く大学も商売である。新聞が下卑た商売であれば大学も下卑た商売である。只個人として営業してゐるのと、御上で御営業になるのとの差《さ》丈《だ》けである。

「小森センセの特別授業」を受ける生徒たち

六章 生徒の感想とそれへの応答

生徒の感想文から

松永 果鈴（小学校6年生）

小森先生の講演を聞き、漱石の文学には、その当時の出来事や社会背景がえがかれているということに魅力を感じた。

漱石の作品を読むとその当時の世の中が見えてきて、もっとくわしく知りたい！と思う。ただ本を読むだけではなく、その時代のことを知ることで、物語をもっと楽しめる、と分かったので、これから今までとは違う読み方で読書を楽しみたい。

片山 杏樹（中学校2年生）

今日の特別授業は正直、とても難しかったです。参加し、国語の先生からの紹介で「これからに少しでも役立てばいいな」という気持ちと、なんとなく「周りのクラスメイトよりも少し背伸びしたい…」という本当に変な理由で参加しました。

周りがほとんど高校生と先生方で緊張していたのもあって全然話していただいた事が頭に入ってこなかったのですが、今まで持っていた夏目漱石のイメージが少し変わった気がします。個人的には、「吾輩は猫である」の「大和魂」についての話と戦争についての話が特に印象に残りました。でも、印象に残ったといってもまだまだ分からない部分がたくさんあるので、もっと夏目漱石の書いたお話を読もうと思います。

松永 桃佳（高校3年生）

歴史的背景から読む、という視点でこれまで読んだことがなかったので、新しい視点で読めて新鮮だった。『戦争』という言葉に重きを置いて漱石作品を読んでみたいと思った。もっとくわしく「こころ」について知りたいと思ったので、またこのような会があれば参加したいと思う。

宮尾 真未（高校2年生）

私は今まで夏目漱石のかいた本をほとんど読んだことがなかった。漱石の本はかたくるしいイメージがあるうえ、読んでみると今とは違った独特な言いまわしが多いため読み辛く、結局学校の授業で一度読んだ程度のまま、ただ本が好きだからという理由だけで今回の授業に参加することになってしまった。

始めに配られていた冊子を開いて漱石の小説が印刷されてあるのを見たとき、この授業に来たことを少し後悔した。私達が普段読む小説と違い、会話文が少ないため余白が少なく、今ならひらがなで書く言葉も漢字で書かれている。一目見ただけで「難しそう」と感じ、普段の私なら避けてしまうだろうなと思った。しかし授業を聴いて漱石の人生や、その小説を書いている最中の漱石の生活などを知ることができて興味がわいた。漱石の生活だけでなく、当時の日本の時代背景が表れていて、現代の小説ばかり読んできた私にはそれがとても新鮮に感じられた。さらに言葉の書き方がかなり印象的だった。特に印象的だったのは、「痛快だ々々々」という部分で、「々」という文字が三つ並んでいるのを初めて見たので本当に驚いた。他にも漱石の小説には省略する記号が多く使われていた。

私はこの授業で漱石の小説を詳しく読むまで、漱石はフィクションばかり書く作家だと認識していた。しかし実際は、フィクションはフィクションでも、限りなく実話に近いフィクションも書いているという事を知ることができた。

今回の授業で、私の漱石に対する悪いイメージはかなり減ったと思う。どんな本でも深く読めば楽しめると知ることができた。

渋谷 佑果（高校1年生）

小森先生のご講演に参加する事になって初めて私は夏目漱石の「こころ」を読みました。1回読み終えた時は内容や主題が分からずこのまま講演に向かって良いものかと不安にもなりました。しかし小森先生は夏目漱石という作家について時代背景をふまえて丁寧に話して下さり、夏目漱石の小説は新聞に連載されていた物が多かったため、書かれた頃の出来事と関係が深いのだと知ることができました。

ご講演の中ではたくさんの夏目漱石の作品を読むことができました。私は夏目漱石といえば「吾輩は猫である」「坊っちゃん」という印象が主であったので他の作品はとても新鮮でした。

ご講演の後、資料を見ていて少しふしぎに感じたこともありました。それは小説の題名についてです。ただの偶然だったり理由なんてない、という可能性もありますが。

「吾輩は猫である。名前はまだ無い」で始まる『吾輩は猫である』。題名は小説の初めの一文から引用されています。しかし他の小説の題名に、同型のものは見当たりません。なんとなく夏目漱石は題名を〃一言〃にまとめてつけている印象があります。その中でやはり『吾輩は猫である』という題名は浮いているように感じました。そこで調べてみた所元々は『猫伝』という題名の予定だったと知りました。何故題名を変えたのか気になりました。

小森先生のご講演を通して改めて夏目漱石という作家の面白さに気付かされました。今回教えて頂いた事をふまえて、夏目漱石の文章をもう一度読んでみようと思います。

荒井 文実香（高校1年生）

先日は、とてもすばらしいご講演をありがとうございました。私は先日の講演に参加するまで、夏目漱石について全くといっていいほど知識がありませんでした。「坊っちゃん」も「吾輩は猫である」も授業で読んだことがあるくらいでした。しかし、今回この講演に参加できることになりもっと知識を増やしてから学ぼう、とある本を読みました。その本で漱石の作品の一部と、漱石の一生を知ることができました。その中で漱石の性格や考えはとても真っすぐで、力強い人なのだな、という印象を受けました。そして、講演会がさらに楽しみになりました。

講演会に参加して、全てが新しく知ることで、とても驚き、講演を聞けて本当に良かったと思いました。戦争中の新聞に小説をかいていて、小説の中に戦争の題材を盛り込んでいるとは知りませんでした。ただ小説を書くだけではない複雑な背景や人々の目があり様々な壁があったと思います。その中で小説を書き続けて文豪として伝えられている漱石を心から尊敬します。漱石の作品は独特な美しさやするどさがある言葉使いがあると感じました。そしてその言葉を、漱石の世界をもっと心に入れたいと思いました。漱石の作品をたくさん読んで、漱石の世界をのぞいてみたいです。それから、様々な観点から漱石と、その時の時代背景等について知識を増やしていきたいと思いました。

沼田 康暉（高校3年生）

夏目漱石が、政府批判派だったことを知り、何故新聞連載で政府の批判ができたのだろうと思ったが、小森先生の話を聞いて、漱石の技術とセンスがそれを可能にしていたのだと分かった。漱石の作品は、このように時代と連動して書かれていたため、この時代でなければ書かれなかった作品でもあるのではないかと感じた。以上を踏まえると、漱石の作品は、新聞連載ということを含め、漱石が当時の人達に伝えたい思いが、作品に込められていたのではないかと、感じた。夏目漱石は、大患後に書いた作品では、エゴイズムへの追求を深めていったということですが、漱石本人はエゴイズムをどのように捉えていたのでしょうか。是非教えて下さい。

西森 栄介（高校1年生）

まず第一に夏目漱石の頭の良さというものを実感しました。軍が権威をふるい、国民の人権が少なく、皆が思っている事を思い通りに言えない時代に、いかにして自分の意見を伝えるかという点で新聞小説の中でのホットな話題をおり混ぜて新しい意識の流れの小説を書いたということは、とてもすごい事なんだなと思います。どんなにカモフラージュして、巧妙に社会を風刺したとしても、一歩間違えれば一発で刑務所行きだったはずなのに、そこまでして漱石が伝えたかったモノは何なのか、考えさせられます。

小説というものは、必ず誰かに何かを伝える様にできている。と国語の授業中に、担当の先生が仰っていました。戦争が多発し、人の命が軽視され、死が美化されていく時代への危機感を漱石は伝えたかったのではないでしょうか。

また、漱石は恋愛小説を多く書いているそうですが、それはキリスト教式の理念が輸入され、恋愛結婚に対しての警鐘をならしていると仰られていましたが、それでは漱石は、昔の時代の結婚観を肯定しているのでしょうか。よく分からないので教えて下さい。

最後に、何かを伝える、何かを風刺するということは、何か社会上で起きている出来事があっての事だと思います。なので、しっかりと歴史を勉強し、文章が何の事件に対して、また何の考えに対して意見を述べている文章なのか、しっかりと考えて今後の勉強に役立てたいと思います。

小林 憲司（高校3年生）

先生の特別授業をお聞きして、漱石の作品が現実の出来事を強く反映していると知ることができました。漱石の作品は政治的な考え方や社会の葛藤についての話が多いと思いましたが、新聞小説であったこと、漱石が見聞きした社会事件を題材にしたことを教えていただき納得することができました。自分が初めて読んだのは「坊っちゃん」「吾輩は猫である」でしたが、この2つは当時の社会情勢が分からなくとも文章がユーモラスで楽しむことができ、「夢十夜」を読んだ時も不思議さに魅了されたように思います。なので漱石とは深い知識のある文章で滑稽な、または浮世離れした本を書く人だと長く思っていたのですが、「三四郎」「門」を読んだときにその悪く言えば俗っぽい地味な内容に驚き印象を改めました。まだそういった小説の良さが今一分からず正直つまらないとも思いましたが、新聞小説として当時の世相を反映していたことを考えると大変面白いものに思えて、当時新聞で読めていたらなとも感じました。

ただ、漱石が小説の中で描いたものが、社会批判、政治諷刺のためだけに書かれたのだとしたら残念だなとも思います。まさかそんなことも無いでしょうから、さらに色々な本を読んで何を考えて漱石は小説を書いたのか勉強し考えていきたいと思います。

羽入田 唯（高校1年生）

私はまだ夏目漱石を深く読み込み、追究したことがなく、正直、夏目漱石は社会に対する不満や訴え（風刺）を文学作品に込めた、近代の文豪の1人だとしか思っていませんでした。なので、今回のご講演は衝撃的でした。特に、現実の社会で起こったことを作品内に登場させるスタイルは、私の知るどの作家さんにもないもので驚きが強かったです。また、掲載物の内容に厳しかった当時、検問にひっかからないようにするために、内容は書かずに読者にそれを思い起こさせるように話を展開する手法には思わず、口がポカンとしてしまいました。夏目漱石さんの妥協を許さない姿勢もすごいと思いました。

なぜ夏目漱石さんは「三四郎」以降、恋愛を通して人間のエゴイズムを主張するのか質問させていただきましたが、あの後また疑問が浮かびましたのでこの場で質問させてください。「ラブ」の風潮に怒りを感じ、それを表現したかったのはわかりましたが、なにも「三四郎」以降のほとんどの作品で主張しなくてもよくありませんか。それだけ夏目漱石は「恋」や「愛」に強い思い入れがあったのでしょうか。

それとも、それほど当時の社会の「恋愛」志向が激しかったのでしょうか。よろしければ先生の見解を教えていただけたら嬉しいです。

酒井 里花（高校3年生）

私の学校は商業科なので、授業で「こころ」や夏目漱石の作品をやる可能性は少ないと国語の先生に言われたので、とてもいいお話が聞けたと思います。夏目漱石の作品は風刺作品や人間のエゴイズムを描いたもので有名ですが、今回は風刺作品について深く知ることができました。時代の流れをうまく利用して言いたいことを直接言わず読者に伝える、とてもすごい人なんだと改めて思わされました。また、「三四郎」発表後、恋愛小説がほとんどだったことも驚きでした。でもその恋愛は実のらないものが多いと教わりましたが、なぜ実のらないものが多いのか、少し疑問でした。

今回の授業で学校では決して教わることのできない貴重な体験ができ、夏目漱石について少しでも知ることができた時間だったと思います。

吉田 由姫（高校2年生）

夏目漱石さんの本を読ませていただくきっかけになったのは、今回の講演を聴くことでした。私は、日常生活の中で本を読むことは好きでよく読むのですが、夏目漱石さんの本はあまり読んでいなかったので、初め読んだ時あまり理解できなかったのを覚えています。ですが、今回講演で、夏目漱石さんが、生きた時代の中で起きた事件、人の死についてを鮮明に描かれている事。死について考えさせてくれたり、現実と新聞小説をつながるようにしている事を知る事ができました。

また、講演の最後で、何故「心」の下に、セリフ以外にかぎ括弧が付いているのか知らなかったので、引用だと知れてとてもスッキリしました。もし、今回の講演会に、参加できていなかったら、分からない所はそのままになってしまい、いっこうに理解できないままだったと思います。

また、夏目漱石さんの作品を読ませていただく事で、命の大切さ、深さを学ばせていただけたと思います。

今後、夏目漱石さんの本を読む時は、今回学ばせていただいた事を胸に、注意深く、漱石さんは、どう思っていたのか考えながら読んでいこうと思います。

宮尾華乃（高校2年生）

正直言うと、これまでに夏目漱石の作品を読んだことはありませんでした。何となく堅くて難しくて、読みにくそうなイメージがあったからです。しかし、今回の漱石講座を聴いてみると、作品に取り込まれた細かな時代背景など、とても興味のわくような内容でした。その書かれた多くの作品だけでなく、「夏目漱石」という人物のこともっと深く知りたいと思いました。お話を聴く中で少し疑問に思ったことなのですが、夏目漱石は恋愛小説に対して特別な思いいれがあったのでしょうか？　夏目漱石の作品に恋愛ものも多い、ということを聞いたところからのちょっとした疑問なのですが…。

今回の講座はとても貴重なお話を聴くことができて、充実した時間になりました。これを機に、夏目漱石をはじめ、今まで読んでこなかった作家たちの作品を読んでみようと思います。

感想文に寄せて

漱石夏目金之助の文学的生涯を、全速力で走り抜けるように話をしたにもかかわらず、会場の生徒たちは、緊張を途切らせることなく聴きつづけてくれた。

新聞小説家としての漱石夏目金之助の文学的実践を、同時代の新聞の読者がどのように読むことができたのか、ということへの想像力に、歴史的出来事とその報道のされ方を紹介することで働きかけようと私はしたのだが、生徒たちの「感想文」は、しっかりと応答してくれている。

新聞小説家であることを、強く意識しつづけた書き手としての漱石の文学的実践が、同時代的にどれだけ現実的であり新聞読者にとって当面している問題を扱っていたかについて、生徒たちに伝わったことが、感想文から読みとれて私自身がはげまされてもいる。

それぞれが聴き手として、元号で言えば明治から大正という時代、西暦では一八六七年から一九一六年までの日々を生き抜いた、一人の小説の書き手の、歴史的状況との厳しいせめぎ合いを想像してくれたことが「感想文」には刻まれている。

百年前にこの世を去った一人の新聞小説家の残した言葉が、一世紀を経てなお、これだけの現実性を持っているということ自体、この国の在り方そのものにかかわることである。これからを担う論議に参加してくれた生徒たちに、漱石の言葉と応答しつづけてもらいたいと心から願っている。

生徒たちの一言ひとことが、講演内容に加筆訂正し本書をここまでまとめていく際の、大切な指針ともなった。

本書の読者のみなさんにも、ぜひ「感想文」を読んでから本文を読み直していただきたい。様々な応答の軌跡が見えてくるはずであり、その仲間に加わってもらいたいからである。

夏目漱石　略年表

年	漱石をめぐるできごと	社会背景など
一八六七（慶応3）	二月九日（旧暦一月五日）、江戸牛込馬場下横町（現在の新宿区喜久井町）で生まれる。父夏目小兵衛直克、母千枝の五男末子。命名金之助。	大政奉還上表 王政復古の大号令
一八六八（明治元）	塩原昌之助の養子となり、内藤新宿北町の塩原家に引き取られた。	戊辰戦争（～69年）、五箇条の御誓文
一八七〇（明治3）	四月、種痘令の布告により種痘を受けるが、それがもとで疱瘡になり、終生あばたに悩むことになる。	東京遷都（69年） 廃藩置県（71年）
一八七二（明治5）	養家の長男に登録される。（戸籍法実施のため）	富岡製糸場開業　『学問のすすめ』
一八七四（明治7）	十二月、公立戸田学校下等小学第八級に入学。	学制公布、太陽暦採用（72年）
一八七六（明治9）	養父母が離縁。塩原姓のまま実家に戻る。公立市谷学校下等小学第四級に転入。	徴兵令、地租改正令（73年） 西南戦争、東京大学設立（77年）
一八七九（明治12）	東京府立第一中学校入学。	
一八八一（明治14）	一月、実母千枝死去（55歳）。中学を中退し、麹町の漢学塾二松学舎へ入る。	国会開設の勅諭 独墺伊三国同盟（82年）
一八八三（明治16）	大学予備門受験のため、神田駿河台の成立学舎に入学、英語を学ぶ。	
一八八四（明治17）	九月、大学予備門予科入学。	
一八八六（明治19）	四月、大学予備門が第一高等中学に改称。腹膜炎を患い留年。以降、卒業まで首席。自活を決意し、本所の江東義塾の教師となり、寄宿舎生活を始める。	帝国大学令 『ホトトギス』創刊（97年）
一八八八（明治21）	一月、夏目家へ復籍。 七月、第一高等中学校を卒業。 九月、第一高等中学校本科一部（文科）に進学。	

一八八九（明治22）	正岡子規と知り合い、子規の詩文集『七艸集』を漢文で批評、九編の七言絶句を添え、初めて漱石の号を用いた。	大日本帝国憲法発布
一八九〇（明治23）	七月、第一高等中学校本科一部卒業。 九月、東京帝国大学文科大学英文科入学。厭世主義に陥る。	第1回帝国議会開会 教育勅語
一八九二（明治25）	四月、徴兵を避けるため、分家届を出し、北海道の岩内に移籍。 五月、東京専門学校（現早大）講師となる。 八月、子規の紹介で高浜虚子と知り合う。	
一八九三（明治26）	七月、東京帝国大学卒業。大学院に進学。 十月、東京高等師範学校英語教師となる。	
一八九四（明治27）	神経衰弱に苦しむ。鎌倉円覚寺で参禅。	日清戦争
一八九五（明治28）	四月、愛媛県尋常中学校（松山中学）に赴任。 八月、日清戦争従軍中の子規が喀血して帰国、漱石の下宿に住む。	下関条約調印、三国干渉
一八九六（明治29）	四月、熊本の第五高等学校に赴任。 六月、中根鏡子と結婚。	
一八九七（明治30）	六月、実父直克死去（80歳）。	
一九〇〇（明治33）	五月、文部省第一回給費留学生として2年間のイギリス留学を命ぜられる。九月横浜より出航。	北清事変（義和団事件） 治安警察法
一九〇一（明治34）	孤独感などから神経衰弱に陥る。	八幡製鉄所操業開始
一九〇二（明治35）	九月、神経衰弱が強まる。帰国直前、高浜虚子の知らせで子規の死を知る。十二月出港。	日英同盟
一九〇三（明治36）	一月、帰国。 四月、東京帝国大学英文科講師及び第一高等学校講師に就任。	国定教科書制度成立
一九〇四（明治37）	九月、帝国大学で「文学論」を開講。 十二月、「吾輩は猫である」（第1回）執筆。	日露戦争

一九〇五（明治38）	一月、『ホトトギス』に「吾輩は猫である」を発表。 同月、「倫敦塔」発表（『帝國文學』） 十月、単行本『吾輩は猫である』刊行。	ポーツマス講和条約調印 日比谷焼き打ち事件
一九〇六（明治39）	四月、「坊っちゃん」発表（『ホトトギス』）。 九月、「草枕」発表（『新小説』）。 十月、木曜会発足。 十一月、『吾輩は猫である・中篇』刊行。	南満州鉄道株式会社（満鉄）設立
一九〇七（明治40）	三月、大学・高校を退職。 四月、朝日新聞入社。 五月、『吾輩は猫である・下篇』刊行。 六月より『虞美人草』連載（『朝日新聞』）。 ※以降の連載は『朝日新聞』	英仏露三国協商 義務教育が6年になる
一九〇八（明治41）	一月、単行本『虞美人草』刊行。『坑夫』連載。 七・八月、『夢十夜』連載。 九月より『三四郎』連載。	
一九〇九（明治42）	養父塩原昌之助に金を無心され、秋頃まで煩わされる。 六月、『それから』連載。 十一月、漱石を主宰とする朝日新聞文芸欄創設。	伊藤博文射殺
一九一〇（明治43）	三月より『門』連載。 六月、胃潰瘍で入院。 八月、伊豆修善寺温泉で療養中、危篤状態に陥る（修善寺の大患）。	大逆事件 韓国併合（寺内正毅初代総督）
	二月、文部省からの博士号授与を固辞。 八月、講演「現代日本の開化」「文芸と道徳」	辛亥革命 関税自主権確立（不平等条約解消）

一九一一（明治44）	九月、痔に罹り手術。	
一九一二（明治45） （大正元）	一月より『彼岸過迄』連載。 九月、痔の再手術。 十二月より『行人』連載。	中華民国成立 7月30日　大正に改元 乃木希典殉死（9月13日）
一九一三（大正2）	一月ごろから神経衰弱再発。 三月、胃潰瘍再発し病臥。『行人』の連載を中断。	桂内閣総辞職（大正政変）
一九一四（大正3）	四月より『こころ』連載。 六月、北海道岩内から本籍を戻す。 九月、胃潰瘍再発。自装本『こころ』刊行。 十一月、講演「私の個人主義」	第一次世界対戦参戦
一九一五（大正4）	一月よりエッセイ『硝子戸の中』連載。 六月より『道草』連載。 十二月、芥川龍之介、久米正雄が木曜会に参加。	
一九一六（大正5）	一月、リューマチに悩まされ湯河原温泉で療養。 四月、糖尿病治療に入る。 五月より『明暗』連載（未完・絶筆）。 十一月、木曜会で「則天去私」について語る。 胃潰瘍の病状悪化で病臥。 十二月九日死去。享年四十九。	

あとがき

漱石夏目金之助の没後百年であった二〇一六年の十一月三日は、日本国憲法公布七十周年であり、生誕百五十年の二〇一七年五月三日は施行七十周年となる。『明暗』の主人公津田の「偶然？　ポアンカレーのいわゆる複雑の極致？」という問いかけが、私たちが生きている現在がどのような状況なのかを、くっきりと照らし出しているように思える。

自らの生の最後の年の元旦に、「強制徴兵」制に体現されている「軍国主義」と「個人の自由」を鋭く対峙させた漱石の危機感は、しっかりと時代の流れを見抜いていたことを、現在の私たちは確認することができる。一九一六年一月の『点頭録』は、百年後の世界の在り方まで見すえていたことがわかる。

一九一七年三月（ロシア暦二月）に「三月革命」でロマノフ王朝が崩壊し、四月六日にアメリカ合衆国が参戦し、「欧州大戦」は世界戦争となる。十一月にレーニンによるロシア革命（ロシア暦では「十月革命」）が生起。したがって二〇一七年は、第一次世界大戦へのアメリカ参戦百周年であり、ロシア革命百周年でもある。内燃機関で走行する戦車や装甲車、やはり内燃機関で飛ぶ飛行機などの新兵器が導入され、大量破壊兵器としての毒ガスが第一次世界大戦では使われた。

戦死者はドイツとロシアがそれぞれ約百七十万、フランス百三十六万、オーストリア百二十万、イギリス九十万、アメリカが十二万六千と言われている。

このような多大な犠牲を出すような世界戦争を二度と繰り返さないという目的で、連合国側は国際連盟をつくったが、戦勝国側がドイツだけに戦争責任を押し付けたために、ヒトラーの台頭を許し、イタリア、日本と共に三ヶ国の「枢軸国」が第二次世界大戦を引き起こす。五千万人の犠牲者を出した第二次世界大戦を終結させるにあたって「国際連合」（国連）が結成され、一九四五年六月二十六日参加国五十一ヶ国で署名された「国連憲章」第二条で、「国権の発動たる戦争」が禁止された。しかしその後ヒロシマ・ナガサキに究極の大量破壊兵器である原爆が投下され、通常兵器による第二次世界大戦の終りは、核戦争の始まりとなったのである。

日本国憲法九条一項は、「国連憲章」と同じ精神である。しかし二項において「前項の目的を達するため、陸海空軍その他の戦力はこれを保持しない。国の交戦権はこれを認めない」という独自の戦力の不保持と交戦権の否認を誓ったのである。そうであるにもかかわらず、サンフランシスコ講和条約と同時締結された日米安保条約に基づき一九五四年七月一日に「自衛隊」が創設され、日本の再軍備が進み、「戦闘」が行われている南スーダンに、日本の自衛隊が送られたままである。「軍国主義」に抗して「個人の自由」を本気で大切にするためには、日本国憲法九条の指し示す方向性を実現することが求められている。

漱石夏目金之助の「自己本位」、「個人の自由」を、他者を自分と同じように尊重しながら実現していく実践は、生誕百五十年にあたる二〇一七年の日本に生きる人々にとって、もっとも大切な課題だと私は確信している。

本書を作成するにあたっては、「中高生のための漱石講座」の開催やその録音録画、生徒の感想文の集約、「夏目漱石略年表」の作成、原稿を中高生が読みやすくするための校閲など、長野県下の高校教師のみなさんには多大なご協力をいただいた。石城正志、小山洋一、六川宗弘、遠藤博史の各先生をはじめ、関係者の皆様に心からの感謝を申し上げるものである。

二〇一七年二月九日

小森　陽一（こもり・よういち）

1953年、東京生まれ。東京大学大学院教授、専攻は日本近代文学、夏目漱石研究者。九条の会事務局長。著書に、『世紀末の預言者・夏目漱石』（講談社）『漱石論　21世紀を生き延びるために』（岩波書店）『漱石を読み直す』（岩波現代文庫）『子規と漱石―文豪が育んだ写実の近代』（集英社新書）『夏目漱石、現代を語る　漱石社会評論集』（編著、角川新書）『小森陽一、日本語に出会う』（大修館書店）『ことばの力 平和の力―近代日本文学と日本国憲法』（かもがわ出版）など多数。

13歳からの夏目漱石―生誕百五十年、その時代と作品

2017年3月18日　第1刷発行
2017年6月10日　第2刷発行
著　者　©小森陽一
発行者　竹村正治
発行所　株式会社かもがわ出版
〒602-8119　京都市上京区堀川通出水西入
TEL075-432-2868　FAX075-432-2869
振替 01010-5-12436
ホームページ http://www.kamogawa.co.jp
製　作　新日本プロセス株式会社
印刷所　シナノ書籍印刷株式会社

ISBN978-4-7803-0895-2 C0095